KB058909

『안녕, 금강을 두른 자여.
나의 아지랑이 궁전에 잘 왔어.
나는 사자자리의 스카르샹스,
이 요새를 수호하는 달바의 문주야!』

—— NAME

스카르샹스

—— DATA

이세계의 대마법사 중 한 명. 늘
사자를 거느리고 있다.
전투 시엔 하반신을 사자와 동화
시켜 커다란 전투도끼를 휘두른
다.

CHARACTERS

DATA

과거의 히어로, 아수라프레임 '장착자 3호',를 계승한 소년. 싸움에 망설임을 느끼고 있다.

NAME
이치노세 유우

DATA

엘프 소녀. 나유타의 요인인 엘프 나달의 조카이다.

NAME
토도 아리야

DATA

유우와 마찬가지로 나노 머신 적성을 지닌 소년. 유우와 함께 칸사이에 왔다.

NAME
이쥬인 타카마루

DATA

효고에서 입지가 약한 사람들을 지키던 전직 여고생. 비상식적인 운동 신경을 지니고 있다.

NAME
하타노 나츠키

DATA

클론 엘프 소녀. 3호의 계승자인 유우와 행동을 함께하게 된다.

NAME
아인

Fantasy has invaded,
Hero come back

Fantasy has invaded.
Hero come back

C O N T E N T S

02

VOLUME
TWO

Exo-Frame type:As

All PRAJNA Running System
Now Booting.

Spellbook
"PRAJNA HEART SUTRA"

GateGateParagate
Parasamgate
Bodhisvaha...

Mantra Server Startup Complete.

Fantasy has invaded,
Hero come back

이 세 계,

왕의 귀환 02

타케즈키 조
JOE TAKEDUKI

[ILLUST.]
시라비

습격

02

|||||||||| Exo-Frame type:Asura0[

용 어 집

아수라프레임

`01`

a형 엑소프레임(Exo-Frame type:Asura)의 통칭. 개인용 강화외골격이자 인류의 희망으로 불리는 결전 병기. 그 잠재력은 위험도 S+의 크리처 집단도 괴멸시킬 수 있을 정도. 1호부터 12호까지 제조되어 세계 각국에 배치되었다.

장착자 3호

`02`

아수라프레임 3호기의 전임운용자. 양산형 엑소프레임과 달리, 12체의 아수라는《선택받은 자》에 의해서만 진정한 힘을 발현할 수 있다──는 개발자들의 설명을 수용한 일본 정부와 방위성이 국방군에서 선발했다. 매스 미디어에 노출도 많고 국민적인 인기를 자랑하는 히어로.

크리처와 전이 거점《포털》

`03`

지구가 이세계와 이어지며 이세계의 생물이 침입하기 시작한 지 수십 년이 지났다. 위험한 괴물들은 지구의 각지를 덮쳤는데, 그들은 크리처라고 불리며 일반 시민에게도 널리 알려져 있다. 또 몇 년 전부터 적의 전이 거점《포털》도 출현하기 시작했다. 대량의 크리처를 한꺼번에 보낼 수 있는 전이 게이트이자 요새이며, 이세계군을 이끄는 '대마법사'가 게이트의 주인으로 군림한다.

망명 엘프와 현자들

`04`

이세계에서 망명해 온 엘프족. 귀가 길고 미모가 뛰어나며 총명하다. 지구로 망명해온 자들은 엘프족 중에서도 특히 천재적인 두뇌를 지닌 그룹이었던 건지 '현자'라는 칭호를 댔다. 그들은 지구 인류의 과학을 배워 고작 수십 년 만에 많은 기술 혁신을 불러왔다. 12체의 아수라프레임은 망명 엘프의 지혜로 개발된 것이다.

대마법사

`05`

이세계의 전이문《포털》을 담당하는 적군의 사령관들. 그 마력은 날씨를 조종하고 지진·홍수를 일으킬 정도로 어마어마하다. 요정족의 일부. 망명 엘프들은 '선택받은 달 바의 종족'이라고도 부른다. 모습은 엘프보다 더 '인간'과 흡사하다고 한다.

회오리바람 성의 포로

이 세 계 . 습 격
Fantasy has invaded,
Hero come back

1

　회오리바람의 요새——.

　대마법사는 그것이 '나의 마성(魔城)'의 이름이라고 경쾌하게 알려주었다. 당연하다는 듯 완벽한 억양의 일본어를 구사하며.

　"잘 왔다, 칠흑과 황금의 전사여! 그리고 내가 모르는 옛 왕가의 공주여!"

　대마법사 콰르달드는 밝은 목소리로 환영을 표했다.

　이세계에서 침공해 온 적의 공중거점《포털》. 이치노세 유우를 비롯한 지구의 인류는 이 성을 그렇게 인식하고 있다.

　하늘에 떠 있는, 신기루처럼 나타났다가 사라지는 마의 성——.

　그 부지 내에 있는 정원에서 유우는 어안이 벙벙해져 있었다. 계속 잠들었다가 고작 몇 분 전에 눈을 뜬 참이었다.

　'전사'라고 불리긴 했으나 장착은 하지 않았다.

　유우는 비무장 상태의 몸으로 옆에 있는 아인——클론 엘프 소녀에게 소곤거렸다.

　"《포털》안은 여기도 이런 느낌이구나. 조금 전의 성과 비슷하네……."

　"결국 용도는 같으니까……. 어떤 형태이든 '성'인 이상, 병사가 집결하는 장소는 아무래도 필요해지지."

　엘프족을 이끌었다는 전사의 여왕.

그 클론체인 아인과 함께 유우는 성의 정원에 있었다.

흙은 단단하게 굳혀져 있고 광장처럼 보이기도 했다. 성주를 모시는 전사와 마수가 모이는 장소이자 훈련장인 셈이다.

그리고 눈앞에는 돌로 만들어진 커다란 성이 우뚝 서 있다.

유명한 테마파크 정도에서나 봤던 건축물. 모조품에는 없는 진짜의 중후함, 오랫동안 사용된 건물 특유의 고풍스러움과 사용감이 유우를 압도했다.

──고작 1시간 정도 전.

유우와 아인은 신 칸사이 만의 바다 위에 떠 있는 《포털》에서 대마법사 '사자자리의 스카르샹스'와 싸웠다.

그곳을 이탈하여 와카야마 만의 수상조계 '나유타'를 향해 비행 개시.

유우와 아인을 운반하는 이동 수단은 아수라프레임 3호기. 이세계에서 오는 군세에 맞서 싸우기 위한 엑소프레임(강화외골격)이다.

인류와 엘프의 지혜를 결집한 전투용 수트. 인조 마신.

하지만 기체가 갑자기 힘을 잃어버리는 바람에 추락했고, 동시에 유우는 의식을 잃었다. 눈을 떴을 때는 파란 로브의 미남이 옆에 있었고──.

『처음 만나는군, 전사여!』

쾌활한 목소리로 인사했다.

『나는 회오리바람의 콰르달드. 선택받은 달바의 문주 중 한 명이다. 그대들은 우리를 대마법사라고 부르고 있지?』

퍽 털털하면서도 친근하게 이름을 밝히는 옵션까지 붙여주며.

매력과 명랑함으로 넘쳐나는 콰르달드는 즐겁다는 목소리로 말을 이었다.

"성 내부까지 발을 들여놓은 휴먼은 아마도 그대뿐일 거다, 전사. 심지어 하루 만에 두 개의 마성을 답파했지! 말 그대로 영웅이로군!"

"다, 답파?"

파란 로브를 두른 콰르달드는 쾌활하게 웃었다.

하지만 유우는 당황하며 이의를 제기했다.

"우리를 이 성에 데려온 건 다…… 당신이잖아요?"

어딜 봐도 호(好)청년이라는 분위기인 콰르달드.

하지만 그는 말하자면 적의 지휘관이다. 이세계에서 온 침략자. 그런 상대를 무슨 이인칭으로 불러야 할까.

주저하는 유우의 발언에 옆에 있는 아인이 동의했다.

"확실히. 이래서는 '답파했다'고 할 수 없지 않나? 회오리바람의 콰르달드여."

그는 바다에 빠진 유우와 아인을 마법으로 끌어올린 모양이다.

지금 두 사람은 '사로잡힌 몸'이다. 회오리바람의 대마법사에게 붙잡혀 그의 본거지인 하늘의 성에 끌려온 포로 신세다.

그럼에도 불구하고 콰르달드의 태도는 사근사근했다.

"아니, 아니지! 내가 그렇게 할 정도로 그대들──특히 검은 전사는 매혹적인 존재였던 거야. 그것 또한 틀림없는 영웅의 자질. 전사여, 나중에 꼭 콰르달드에게 보여다오. 그 아름다운 갑주를!"

"갑주……."

그 열변에 유우는 떠올렸다.

바다에 빠져서 의식을 잃기 직전, 3호 프레임의 장착이 풀렸다. 가변 나노 입자로 돌아가 유우의 몸과 동화했다.

그때 강렬한 현기증이 밀려들었다.

갑작스러운 건강 이상. 하지만 지금 유우의 육체는 지극히 정상이다. 그러고 보면 바닷물로 흠뻑 젖었을 옷도 깔끔하게 뽀송하고——.

"그래. 소소하지만 내가 주는 선물이다."

자신의 몸을 돌아보는 유우에게 콰르달드가 씩 웃었다.

"모처럼 성에 초대했는데 젖은 옷으로는 쾌적하게 지낼 수 없지 않나. 전사는 몸 상태도 좋지 않은 듯하기에, 치료술도 사용하는 오지랖을 좀 부려봤다. ——자, 방 준비가 슬슬 끝났겠지. 당분간 쉬도록 해라!"

마법으로 젖은 옷을 말리고, 유우의 몸도 치료했다.

그런 소리인 거다. 솔직히 말해서 마이즈루의 가설기지에 있던 군인들보다 훨씬 호감이 가는 인물이었다.

'이 녀석이…… 이 사람이 우리의 적인 거야? 일본과 세계를 엉망으로 만든 장본인?'

회오리바람 성의 포로가 된 유우와 아인.

하지만 적 지휘관의 인물상이 너무나도 의외라서, 유우는 몹시 혼란스러워졌다.

다소 넓은 편인 방에는 푹신푹신한 양탄자가 깔려있었다.

책상도 의자도 없다. 하지만 양탄자에는 복잡한 기하학적 무늬가 수놓여 있고, 벽에도 고운 색의 천이 드리워져 있어 살풍경하다는 느낌은 조금도 들지 않았다.

긴장해서 그런 걸까. 유우는 어째서인지 정좌하고 말았다.

두 다리에 전해지는 양탄자의 감촉이 포근하다. 아인은 우아하게 다리를 옆으로 모아 앉았다. 하지만 편하게 쉬면서도 날카로운 눈빛으로 실내를 확인하고는——.

"봐라, 유우. 이것이 《하늘의 영역》이다."

"어……, 뭐야 이거?!"

아인이 가리킨 것은 창문 밖이었다.

발코니와 비슷한 형식으로, 성의 부지 내를 둘러볼 수 있었다. 이세계와 지구의 건축기술은 그렇게 동떨어져 있지 않은 모양이다.

하지만, 그보다도——.

연한 회색의 하늘에 유우는 경악했다.

심지어 다양한 형태의 소용돌이무늬가 수도 없이 흘러가고 있었다.

마치 구름이다. 길고 가느다란 소용돌이. 완벽한 동그라미에 가까운 소용돌이. 굽이치는 소용돌이. 소용돌이. 소용돌이. 바라보기만 해도 눈이 핑그르르 돌 것 같은 기분이 들었다.

"조, 조금 전까지 평범하게 파란 하늘이었잖아?!"

"그래. 지상 세계…… 너희가 살던 일본의 하늘에 있었으니까.

하지만 지금 이 성은 비실체화하여 《하늘의 영역》으로 전이했다. 이 아카샤의 허공을 넘어간 곳에 나의 고향, 파람이 있지——.”

늘 대충 '이세계'라고 부르고 있지만, 정식 명칭은 이세계 파람.

아인을 비롯한 망명 엘프와 크리처들, 선택받은 대마법사의 고향.

유우는 깨달았다.

“즉 이 회색 공간은 우리 지구와 이세계의 경계? 그렇구나. 《포털》은 사라졌다가 신기루처럼 나타나기도 하지만, 그러는 동안에는 여기에 오는 거였어……!”

“역시 유우. 눈치가 빠르군.”

아인이 만족스러워하며 고개를 끄덕였다.

“오랫동안 지상에 머무르면 마력이 고갈된다. 그것을 피하기 위해 여기로 돌아올 필요가 있지.”

“그럼 나는 지금 지구가 아닌 곳에 있는 건가.”

유우는 얼떨떨한 기분으로 어깨를 축 늘어뜨렸다.

“그러면 당분간 도망치지 못하겠네……. 이 성이 다시 지구에 돌아갈 때까지 기다려야 해——왜 웃는 거야? 아인.”

“아니. 역시 유우는 든든하다고 생각한 것뿐이다.”

아인은 생글생글 웃으면서 자랑스럽다는 듯 말했다.

“적에게 잡힌 것은 처음일 테지? 그런데 벌써 도망칠 궁리를 하다니.”

“그야 여기에 계속 있을 이유가 없잖아.”

“그래! 나도 같은 의견이니, 유우에게 제안할 생각이었다. 손에 손잡고 함께 여기를 떠나자고."

꽈악. 아인이 유우의 오른손을 붙잡았다.

여자와 갑자기 스킨십을 했을 때 두근거리는 건 14세 남자로서 당연한 반응이다.

클론 엘프 소녀는 두근거려하는 유우의 얼굴을 강한 눈빛으로 바라보더니 귓가에 속삭였다.

"적절할 때에 적절한 판단을 내리고 적절하게 해결하는 것. 그것이 당신의——당신만의 강점이다. 이치노세 유우, 그래야 바람의 여왕이 반려로 삼기에 부족하지 않은 인재지. 이 미숙한 자를 영원토록 잘 부탁한다."

"표, 표현 좀. 그러면 다른 의미가 있는 것처럼 들린다고!"

예를 들어 결혼을 약속할 때의 인사라거나.

아인은 얼굴이 새빨개진 유우의 반론을 시원스레 흘려넘겼다.

"오해하지 마라. 단순히 우리의 상성이 발군으로 뛰어나니, 계속 파트너로서 손을 잡고 싶다는 의사 표명이다. ……하지만 참고삼아 물어보지. 내 말을 듣고 유우는 어떤 의미가 있다고 생각했나?"

"그런 것보다!"

이대로는 상대방의 페이스에 휘말리고 만다.

유우는 억지로 화제를 바꾼 뒤 냉큼 아인에게서 떨어졌다. 아니, 그녀의 좀 애교가 느껴지는 막무가내를 받아들이고 싶은 마음도 분명 있긴 하지만…….

아무튼 마음을 다잡고 빠르게 종알거렸다.

"우리는 포로인 거잖아? 그런 것치고 감시가 너무 허술하지 않아? 방문은 잠기지도 않았는데. 창문도 훤히 열려있고, 아니, 애초에 유리조차 없어. 감옥이라면 보통 철창살 같은 게 달려 있지 않아?"

"혹은 좀 더 도움이 되는 무언가가 있거나. ──어디 보자."

계속 유우 옆에 앉아있던 아인.

갑자기 일어나더니 창문으로 걸어가 발코니로 나갔다.

유우도 허둥지둥 쫓아갔다. 두 사람의 방은 6층짜리 탑의 최상층이었다.

당연히 경치가 좋았다.

성벽으로 둘러싸인 《포털》 내부에는 다양한 종족이 있었다. 트롤, 고블린 같은 익숙한 녀석들. 소머리가 달린 인간형 거인인 미노타우로스. 역시 거인이지만 파란 피부에 눈이 하나뿐인 키클롭스 등. 하지만──.

가장 이채를 띠는 괴물이 하늘에 떠 있었다.

눈알이었다. 직경 10m는 될 것 같은 거대한 안구. 6층에 있는 유우와 거의 같은 높이에서 눈을 굴려 노려보았다.

"오오, 전사. 그리고 공주도, 이 녀석을 눈치채주었나?"

허공을 부유하는 눈알 옆에 회오리바람의 콰르달드도 있었다.

당연하다는 듯 공기를 밟으며 허공에 서 있다. 그는 생글생글 웃으면서 애용하는 지팡이를 눈알 모양 크리처를 향해 내밀었다.

지팡이 끝에서 연한 녹색의 빛이 쏘아져 나갔다.

그 빛을 받게 된 눈알 크리처는 기분이 좋은 듯 거대한 눈을 가늘게 휘고 있다. 심지어 그 흉악한 눈알을 감싸듯이 공 모양의 육체──녹색의 비늘로 덮인 괴물의 몸뚱이가 형성되었다!

더불어 공 모양의 몸을 대부분 차지하는 것은 아직도 눈알이다.

마안(魔眼)의 크리처라고 불러야 한다는 사실은 그대로다…….

"지금 마침 나의 권속들에게 힘을 주고 있었다. 전사여── 이로써 그대의 갑주와도 그럭저럭 겨뤄볼 수 있게…… 되었을지도 모르겠군."

콰르달드는 서글서글하게 웃으면서 호전적인 말을 던졌다.

"그대에게도 사정이 있을 테지. 마음껏 쉰 뒤에는 한시라도 빨리 돌아가고 싶을 게 분명해. 하지만 지금은 잠시 콰르달드에게 시간을 다오. 갑주를 두른 그대와──내 비장의 사역마, 누구의 힘이 우월한지를 보여줘!"

"즉 유우. 저 녀석은 처음부터 감옥 같은 건 생각하지도 않은 거다."

아인이 어깨를 으쓱하며 말했다.

"그런 것으로 아수라의 전사를 가둘 수 없으니. 대신 최강의 마물을 준비하여 당신을 제압할 생각이었던 거지."

"저 녀석을 쓰러뜨리기 전엔 지구로 돌아갈 수 없는 건가…….

갑작스러운 장해물에 유우는 아연한 얼굴로 자신의 오른손을 바라보았다.

나노 머신이 활성화되면 이식자의 손바닥에 고리 모양의 빛이 떠오른다. 그 빛을 보면서 유우는 한숨을 흘렸다.

아수라프레임 3호기《RUDRA》.

인류에게 남겨진 최후의 희망, 일지도 모르는 결전 병기.

하지만 장착이 풀리기 직전 3호 프레임은 명백한 동작 불량을 일으켰다. 어디까지 전력으로 계산할 수 있을지——의심스러운 상황이었다.

2

수상조계 '나유타'.

와카야마 만의 바다 위에 건조된 인공도시이다. 북위 34.0도, 동경 134.5도의 지점에 위치해있다.

이 도시를 지탱하는 중앙 블록은 원반형으로, 직경 10km 정도.

그곳에는 해수·생활하수 등을 정화하는 물 재생 시스템, 대형 프레이어 휠을 사용한 클린 발전 시스템, 게다가 광활한 벼농사 등 도시 인프라를 유지하기 위한 필수 설비가 모여있다.

또 중앙 블록의 중심지에는 높이 300m가 넘는 탑이 우뚝 서 있다.

간소하고 현대적인 디자인의 초고층 건축물. 그 위용은 수상조계에 접근하는 배에서도 똑똑히 보였다.

크고 작은 배가 정박한 항만시설까지 오면 그 거대함을 한층 더 실감할 수 있다.

이쥬인 타카마루는 감격에 겨워 소리쳤다.

"우와아! 엄청 오랜만에 폐허가 아닌 빌딩을 봤어!"

비만 남중생이자 2대 《장착자 3호》의 절친임을 자부하는 소년이다.

함께 있는 하프 엘프 후배도 흥분했다.

"전기와 수도도 건재하다고 하니, 드디어 문명 세계로 돌아왔어요, 선배!"

토도 아리야. 13살, 여자.

이세계에서 온 망명 엘프와 일본인 사이에서 태어난 하프.

엘프족에게 물려받은 피로 인해 귀가 길다. 연한 황갈색 머리카락이 어우러져 비범하리만치 귀여웠다.

난민들과 함께 고물 화물선을 타고 신 칸사이 만을 건너왔다.

지금은 배에서 내려 선창에 있다. 동해를 면한 마이즈루 시에서 떠난 지 약 열흘. 드디어 목적지인 수상조계 '나유타'에 상륙한 것이다.

하지만 중심에 고층 타워가 세워진 중앙 블록까지는 아직 멀었다.

지금 있는 부근은 그 주위에 부설된 '외곽 블록'. 이 외곽 부분까지 합치면 수상조계 '나유타'는 직경 25km의 원반형이라고 한다.

도시 인프라를 지탱하는 심장부가 중앙 블록.

반면, 외곽 블록에는 거주지나 항만시설이 배치되어 있다는 모양이다.

"난민 여러분은 외곽 블록에서 머무르게 되겠죠."

눈에 띄지 않는 인상의 30대 남자, 시바 쥬로타가 작은 목소리로 중얼거렸다.

아리아의 외삼촌이자 조계의 요인인 '나달'이 파견한 부하이다. 아수라프레임 3호와 그 장착자 일행을 반드시 데려오라는 엄명을 받았다고 한다.

수수한 안경 청년인 그에게 하타노 나츠키가 물었다.

"중앙 블록에는 살 수 없다는 규정이라도 있어? 시바."

"아뇨. 하지만 거주할 수 있는 건물은 센트럴 타워 정도인데, 타워 안에는 망명 엘프분들이 생활하고 있습니다. ……솔직히 저희 같은 평범한 사람에겐 무지막지 불편한 곳이라서요."

"오~ 왠지 재미있겠는데!"

연상의 어른을 태연하게 '시바'라고만 부르는 나츠키는 17살이라는 어린 나이다.

머리를 붉게 물들였고 탱크톱에 데님 핫팬츠를 입어 피부를 훤히 드러내는 차림새다. 다만 기모노——하얀 바탕에 모란 무늬가 들어간 후리소데를 코트처럼 걸치고 있다. 여기에 일본도처럼 만든 군용 단분자 블레이드를 검집과 함께 등에 매달았다.

요란해서 눈에 띄는 외모인 나츠키가 천연덕스럽게 말했다.

"그럼 시바. 뭐시기 타워에 빨리 데려가 줘. 거기에 가면 유우 군과 아인 씨가 어디 있는지도 알 수 있는 거잖아?"

"마, 맞아요. 벌써 1시간 넘게 소식이 끊어졌다고요!"

두 연상의 이야기에 아리야도 끼어들었다.

목적지에 도착했다는 흥분에 아주 잠시 신이 났지만, 조계까지 오는 뱃길에서도 계속 걱정했다. 유우 선배와 아인 씨가 전혀 돌아오지 않는다며.

두 사람은 화물선을 먼저 보내기 위해서 적 크리처 군단과 대결했다.

물론 '친우'인 이쥬인도 시바 청년에게 뜨겁게 호소했다.

"배에서 말했던 그거, 군사위성을 사용한 아수라프레임 지원 시스템이었던가요?! 그걸로 두 사람이 어디 있는지 조사해주세요!"

"네, 넵. ——으음, 보로노프 씨?"

"그래. 우리 차를 써."

반소매 티셔츠에 미채무늬 바지를 입은 근육질의 러시아인.

시바보다 10살은 더 연상으로 보이는 중후한 중년의 백인 남성이 차 열쇠를 꺼냈다.

시바가 운전하는 승용차가 달려갔다.

화석연료를 사용하지 않는 전기자동차. 운전대를 잡은 시바는 작은 목소리로 말했다.

"조계의 차는 대부분 **이렇습니다**. 해외에서 원유를 수입하지 못하게 되었고, 가솔린도 석유도 생산하지 못하니까요. 요즘 세상에는 딱 맞죠."

어깨를 으쓱하며 중얼거리는 꼴이 박복한 느낌인 그와 잘 어울렸다.

조수석에는 나츠키, 뒷좌석에는 중학생 두 명이 탔다. 출발한 지 얼마 지나지 않아 비교적 큰 도로로 나왔다. 이쥬인이 눈을 빛냈다.

"오오, 엄청 마을이란 느낌이야!"

길을 따라 종전 직후의 가건물 거리를 떠올리게 하는 건물이 세워져 있었다.

함석 금속판이나 목재를 사용해 간이로 조립한 가옥들. 가게도 꽤 있었다. 보도에 물건을 깔아놓은 노점, 포장마차 등도 눈에 들어왔다.

사람도 많이 걸어 다니는 것이, 제법 활기가 있었다.

그 가건물 거리를 지나가자 이번에는 나츠키가 중얼거렸다.

"얼라? 이번에는 컨테이너 같은 건물들만 보이네."

"프리패브로 세운 이동식 주택이에요. 재해 지역에서 흔히 쓰죠."

아리야도 말했다. 그 근방을 지나가자 콘도미니엄 풍의 건물이 몇백 채 정도 모여있는 주택가가 되었다.

시바가 관광 가이드처럼 설명에 들어갔다.

"본래는 이 근방만이 수상조계 '나유타'의 인간거주지였습니다. 엘프가 아닌 인간족이 살거나 단기 체류하는 용도로요. 하지만 밖에서 오는 피난민을 수용하기 위한 간이 주거가 점점 늘어나서, 조금 전에 본 것 같은 '거리'가 생긴 겁니다."

"그러고 보면 항구에선 배에서 생활하는 것 같은 사람들도 많았지……"

"집이 부족한 거군요……"

"아니. 그래도 여기에는 똑똑한 엘프 선생님들이 있고 병에 걸려도 치료해주잖아. 충분해!"

표정이 어두워지는 이쥬인과 아리야와 달리 나츠키는 생명력이 넘치는 얼굴로 웃었다.

"그보다 시바. 저 이상한 간판은 뭐야?"

"아하하. 눈치채셨나요? 뭐, 그 이야기는 차차⋯⋯."

나츠키가 가리킨 창고를 일별한 시바가 쓴웃음을 지었다.

거기에는 커다란 간판과 현수막이 걸려있었다. '거만한 엘프들은 쾌적한 중앙 블록도 인간에게 넘겨야 한다!', '야마토 민족의 동포들이여, 일본인의 긍지를 되찾아라!' 같은 글귀가 크게 적혀있었다.

이윽고 전기자동차는 다리를 통과했다.

편도 이차선. 다리 아래는 공동으로 뚫려있는데 어두워서 바닥이 보이지 않았다.

"외곽에서 중앙 블록으로 건너가기 위한 다리입니다. 이런 것을 여럿 놓아 바깥과 중앙을 이어주고 있죠. 떨어지면 죽으니까 조심하세요!"

주의를 주는 시바. 그 후 풍경이 일변했다.

지금까지는 간이 주거나 상점, 창고, 작은 공장 같은 건물이 많고 눈에 띄는 식물이라고는 가로수나 공원의 나무 정도였다.

하지만 중앙 블록은 '녹음'으로 넘쳐났다.

"아⋯⋯, 일부러 숲속에 길을 내서 멋진 느낌으로 **그럴싸한** 분위기가 되었네요. 하프인 아리야가 말하는 것도 좀 그렇지만, 그 종족은 묘하게 물이나 숲을 좋아한단 말이죠."

하프 엘프인 아리야가 절절히 말했다.

와카야마만을 비추는 햇빛 아래, 활엽수의 녹음이 반짝거렸다.

잡목림을 가로지르는 루트로 차도를 설치했기 때문이다.

삼림 에어리어를 빠져나오자 평평한 농경지 에어리어.

벼나 밀을 키우기 위한 논밭이 펼쳐져 있다. 지금은 4월 상순, 초봄이다. 이제부터 본격적인 경작이 시작될 것이다.

퉁퉁한 체형에 어울리게 대식가인 이쥬인이 황홀하게 중얼거렸다.

"논이 있는 건 좋아. 가을이 되면 햅쌀을 먹을 수 있잖아…….
어라? 군인이 이런 곳에서 뭘 하는 거지?"

파란색 미채 무늬 전투복에 같은 무늬의 모자.

다들 같은 옷차림을 한 인간 남자 다섯 명이 논두렁에 모여 있었다. 국방해군에서 육상근무 때 입는 제복이다.

한 명이 하늘을 가리키고 있다. 그 끝에 드론이 날고 있었다.

드론은 십자가 모양의 본체에 달린 네 개의 프로펠러로 농경지 위를 천천히 날고 있다. 정해진 길을 순회하는 모양이었다.

"유우 군이 사용하던 서포트 기계를 닮았네. 잘 보면 여기저기 비슷한 기계가 있는데…… 혹시 경비반이야?"

검술의 달인이기도 한 나츠키가 지적했다.

확실히 하늘을 나는 드론이 여기저기에서 보였다.

허수아비와 비슷하게 생긴 사람 형체도 있다. 금속제의 인간형 로봇이었다. 이따금 매끄러운 움직임으로 걸어가며 위치를 바꾸고 있다.

게다가 개 모양 로봇이 논두렁을 네 발로 달리고 있었다.

"네. 중앙 블록을 경비하는 드로이드——차세대형 드론들입니다. 경비만이 아니라, 밭일에도 이용됩니다. 말씀하신 대로 3호 프레임 직속 드로이드는 **이 아이들**의 발전형이니 비슷하다는 감상은 지극히 당연한 셈이죠."

즉답하는 시바에게 아리야가 물었다.

"하지만 조금 전의 군인들은…… 왠지 드로이드의 배치나 순찰 코스를 확인하는 것처럼 보이기도 했는데요? 왜 그런 확인을 하는 거죠?"

"아니, 그건—아하하하."

웃으며 얼버무리려고 한 시바가 한숨을 쉬었다.

"뭐, 그 사정도 바로 알게 되실 겁니다. 이제 곧 센트럴 타워입니다. 우선 나달 이사님과 만나보신 뒤 사라진 두 분에 대해 이야기하죠. ……이 실패의 책임을 지라며 절 해고해주진 않으려나요, 그 사람!"

시바의 묘한 푸념을 뒤로하며 전기자동차가 순조롭게 나아갔다.

이윽고——초고층 건축물, 높이 300m의 탑이 코앞으로 다가왔다. 아리야의 외삼촌이자 수상조계 '나유타'를 통치하는 이사회의 일원, 망명 엘프 나달 라프탈이 그곳에 있다고 한다…….

3

센트럴 타워 안은 몹시 그리운 분위기로 가득했다.

청결하면서도 쾌적한 빌딩 엔트런스.

그곳을 오가는 사람들. 여러 대의 엘리베이터가 제대로 가동하며 위아래로 이동하고 있다. 에어컨의 공기 조절도 완벽하다. 낮에도 전등을 켜서 햇빛이 닿지 않는 실내에도 빛을 제공해주고 있다──.

현재 칸토·칸사이에서는 사라진 지 오래된 현대사회의 모습이었다.

하지만 오가는 **사람들**은 대부분 망명 엘프다.

지구의 인류보다 귀가 훨씬 길고, 전원이 미형에다 기품이 넘쳐흐른다. 늙어 죽기 직전까지는 젊음을 유지한다는 이세계의 종족이므로 최고령자 엘프라고 해도 지구 인류의 '30살 전후'로 보인다.

하지만 복장은 제각각이다.

회사원처럼 수트를 입은 엘프도 있고, 사복인 엘프도 있다. 무슬림 풍으로 부르카 같은 베일을 써서 전신을 가린 여성 엘프도 있다. 사리, 아오자이, 심지어 고대 로마가 연상되는 토가도 눈에 띄었다.

나츠키가 눈을 반짝였다.

"오오오! 엘프들이 잔뜩 있어!"

"장소에 따라서는 꽤 쉽게 만날 수 있지만요. 다만 아리야는 망명 엘프 현자들이 모이는 장소에는 별로 가고 싶지 않아요."

망명 엘프 사회에서 태어나고 자란 13살의 하프 엘프.

아리야는 절실하게 중얼거렸다.

"엘프에도 사실은 다양한 사람들이 있대요. 전사도 있고 농부도 있고. 하지만 지구에 망명해온 엘프는 대부분 '현자'라는 지위를 지닌 학자나 전직 마법사들이니까——진짜 상대하기 성가신 천재들이 우글우글…….”

“천재? 확실히 그렇겠네!”

이쥬인이 천진난만하게 맞장구를 쳤다.

후배와는 달리 이쪽은 요코하마의 유복한 가정에서 자란 도련님이다.

“엘프 선생님들이 온 덕분에 과학의 다양한 분야에서 엄청난 기술 혁신이 일어났잖아. 그런 천재들이 툭툭 태어나는 거니, 진짜 선천적으로 똑똑한 사람들이겠지!”

“타고난 것도 있지만 **수행**의 힘도 크다고 해요.”

아리야가 한숨을 쉬며 보충 설명을 했다.

“머리와 정신을 단련하는 비전의 방식이 여러 개가 있고, 그런 걸 잔뜩 통과한 엘프만이 ‘현자’라는 지위를 받는다고 해요. 실은 아리야도 조금 배웠어요. 그 종족 내에서 천재란 노력으로 될 수 있는 거라고 해요.”

“그러고 보면 아리야 후배는 전국모의고사에서도 늘 1등이었지…….”

고개를 끄덕이는 이쥬인. 시바도 동의했다.

“현자들은 당연하다는 듯 영상기억 능력 같은 걸 지닌 사람이 널려있어서 꽤 놀란단 말이죠. 이제 만나게 되실 나달 이사님도 마찬가지고요. ……뭐, 그 사람은 그거 말고 다른 게 너무 강렬해서 이래저래 **성가신** 타입이지만요——.”

직속 상사에 대한 불만을 숨기려고도 하지 않는 청년의 안내와 함께.

아리야 일행은 엘리베이터에 탔다.

"잘 왔다, 너희들. 그리고 내 여동생의 외동딸, 아리야. 긴 여행을 끝마친 여행자에게 천 개의 행복이 있길 축복하고 싶구나."

"……그건 감사한 말씀인데요."

망명 엘프 현자, 나달 라프탈 타슈사하린튼.

그에게 인사를 받자마자 이쥬인은 태클을 걸었다.

……센트럴 타워 57층에 있는 이사실. 나달 이사는 금색 머리카락을 빡빡 밀어서 승려 같은 모습이었다. 철학가 같은 아우라를 두르고, 무뚝뚝한 표정에 한눈에도 생각이 깊어 보이는 날카로운 눈빛을 조카와 그 일행에게 던졌다. 하지만.

"당장에라도 포스를 쓸 것 같은 코스프레에 빛나는 검 장난감……, 심지어 꽤 비싼 녀석을 휘두르고 있는 이유를 가르쳐주실래요?"

"어리석은 질문은 하지 말거라, 휴먼 소년!"

나달 이사는 강한 어조로 단호하게 말했다.

"제○이의 기사복은 단순히 내가 마음에 들어 하는 옷이고, 세이버 또한 마찬가지다. 그런 것도 한눈에 알아보지 못한다니, 참으로 눈치가 없구나!"

"아, 네……."

"지금도 은하 제국의 암흑 군주와 결투하는 것을 상상하며 이 수상조계를 어떠한 미래로 이끌어가야 할지 탐구하고 있었다.

즉 나에게 일본 돈으로 26,800엔에 구입한 장난감은 업무 도구라고도 할 수 있지. 이해했나?"

"……죄송합니다. 그냥 놀고 계시는 건 줄 알았습니다."

"그래. 솔직하게 반성하는 것은 좋은 마음가짐이다."

사과하는 이쥬인을 예리하게 응시하는 나달 이사.

많은 지구 인류가 유명 SF 영화 9부작에서 보았을 수행복과, 후드가 달린 로브를 걸치고 있다. 일행이 이사실에 들어왔을 때 그는 빛도 나고 소리도 나는 검 모양 장난감을 휘두르고 있었다. 보이지 않는 검사와 대결하듯이, 엉거주춤한 자세로.

한편 외삼촌의 기행에 아리야는 한숨을 쉬었다.

"외삼촌. 장난감 검을 휘두를 거면 아예 이세계의 검술 같은 걸 화려하게 선보여주세요. 반지의 제왕처럼……."

"우매한 말을 하는구나. 실제로 검을 쥐다니, 지성과 학문에 대한 모독이다."

"똑똑하고 운동도 잘하는 사람은 얼마든지 있거든요. 솔직하게 '운동신경이 나빠서 스포츠는 싫다'고 하는 게 떳떳해서 멋있다고요."

피를 나눈 조카가 한탄하는 나달 이사에게 던지는 조언.

명백하게 '기인'인 외삼촌은 그걸 흘려넘기고 말했다.

"네 어머니이자 나의 동생——클로에의 일은 참 안 됐어. 하지만 그 이야기는 나중에 하자꾸나. 새로운 3호 프레임의 장착자와 '공주님'이 행방불명이라고 했지?"

"네, 넵. 실패의 책임은 전부 저에게 있습니다."

시바가 즉시 나섰다.

"따라서 책임을 지고 처분을 생각해주십사 하는데요."

"좋다. 그럼 오늘 밤, 스타 트렉의 구극장판 6부작 상영회에 참석하거라. 나와 함께 지구의 문화를 다시금 배우려고 하는 지원자가 한 명도 없어서 흥이 깨진 참이었다."

"가, 가능하다면 시민군을 그만두는 방향으로 좀!"

진지하기 짝이 없는 얼굴로 오타쿠 발언을 하는 이사에게 시바가 매달렸다.

"퇴직이 안 된다면 하다못해 '그 부대'의 대장만이라도 사임할 수 없습니까?!"

"압도적인 인력 부족인 지금, 유망한 인재를 고작 한 번의 실수로 징계하는 우행을 내가 저지를 리 없잖나. 자네도 이해력이 부족한 남자로군."

나달이 기가 막힌다는 어조로 말했다.

독특한 거만함을 숨기지도 않는 이사의 언동. 한바탕 재미있어하며 지켜보던 하타노 나츠키가 히죽히죽 웃으면서 중얼거렸다.

"아인 씨, 이 사람을 대단한 책략가라는 식으로 말했었지? 굳이 따지라면 묘하게 제멋대로인 괴짜 기인이라는 느낌인데."

"전적으로 동의하지만요, 외삼촌은 이래 봬도 못된 꿍꿍이의 달인이기도 해요."

"아니. 나는 통합 역사고찰술의 권위자일 뿐이란다. 우리 엘프가 예로부터 전수해온 학문 중 하나지. 과거의 역사를 배우고 각 시대의 정세를 형성해온 사회구조, 개인과 군중의 심리, 우발적 요소, 자연현상 등을 해독하고 그 경향을 분석하여 현재의 문제 해결에 보탬이 되도록 하는 거다.”

사무라이 소녀와 조카의 대화에 나달 이사가 끼어들어 떠들기 시작했다.

“3호 프레임과 ‘바람의 공주’를 잃으면 지구 문명이 천 년도 더 넘게 후퇴할 가능성이 87%다. 어떻게 해서든 수색과 구조에 성공해야만 해.”

나달 이사는 《장착자 3호》의 동료들을 다른 방으로 데려갔다.

수상조계 ‘나유타’의 내부와 ‘바깥 세계’에서 다양한 정보가 모여든다고 하는—최상층의 전망 살롱.

높이 300m가 넘는 타워의 60층이다.

넓은 플로어 안에는 칸막이가 없고 360도가 모두 유리로 둘러싸여 있어서 경치가 아주 좋았다.

여기서는 바다 위에 떠 있는 원반형 인공도시를 한눈에 볼 수 있다. 중앙 블록은 녹색 숲과 경작지가 있고 여기저기에 저수지를 만들어놓아서, 녹색 자연과 파란색 물이 인상적이었다.

그것을 에워싸는 외곽 블록은 기본적으로 공터가 많았다.

하지만 여기저기에 간이 주거가 많이 세워져서 주택가가 형성되어가고 있다.

그 밖으로 펼쳐진 것이 와카야마만의 바다. 그리고 전망 플로어의 ‘서쪽’에는 20km 정도 너머에 위치한 시코쿠의 육지가 보였다——.

“저 거리는 토쿠시마시구나.”

눈에 힘을 주고 있던 나츠키가 말했다.

나노 머신 이식으로 인해 초인적인 신체 능력을 얻은 그녀. 그 효용은 시력에도 영향을 줘서, 낮에도 하늘에서 깜빡이는 별빛을 볼 수 있을 정도다.

나츠키의 말을 들은 아리야가 고개를 주억거렸다.

"북쪽에는 아와지섬, 동쪽에는 키이반도의 육지가 보이겠죠."

"보러 가고 싶지만…… 어쩐지 이동하기 불편해."

늘 목소리가 큰 이쥬인이 소곤소곤 속삭였다.

"여기는 정말 아름답고 조용해서, 우리가 분수에 안 맞는 곳에 와 있는 느낌이야……."

녹색 관엽식물이 여기저기 놓여 '공중정원'이라는 통칭도 있다는 센트럴 타워의 전망 플로어는 어딘가 고귀한 정적으로 가득했다.

사람은 많다. 대부분이 망명 엘프 현자들이다.

그들도 잡담을 나눈다. 하지만 기본적으로 느긋한 말투에, 목소리를 크게 내지도 않고, 떠들썩하지도 않고, 독특한 화법으로 말을 주고받는다.

"그럼. 위성 아발로에서 소집 신호를 보낸 지 30분. 결과는 어떻지?"

"아직 반응 없음. 모처럼 각성을 이루었다고 하는데, 우리의 탕아는 퍽 말수가 적군요. 비장착 상태인 그에게 날리는 수색 신호에도 일절 응하지 않습니다."

"먼저 의심해야 할 것은 그가 대파되었을 가능성."

"그가 신호가 닿지 않는 에어리어에 있을 수도 있습니다. 그런 경우, 통신이 불가능한 《포털》 부근에 머무르고 있을 가능성도 고려해야겠죠."

"혹은 마법에 의한 통신 차단."

해외의 셀럽이 살롱에 모여 우아한 대화를 즐기고 있다——.

겉으로만 보면 그렇게 착각해도 이상하지 않은 광경이다. 엘프 현자들은 다들 젊고, 아름답고, 말고 행동거지에서 품위가 느껴지기 때문이다.

하지만 그들은 아수라프레임 개발에 깊이 관여한 연구자들이라고 한다.

3호 프레임 《RUDRA》를 그라고 부르며 실존하는 인간인 것처럼 이야기하고 다양한 대책을 검토하고 있다.

현자들은 대화하면서 끊임없이 허공에 손을 뻗었다.

2D 이미지·3D 홀로그램이 허공에 투영되어 인터페이스를 이루고 있다. 그것들을 조작하는 중이다.

모션 조작에 대응한 컴퓨터.

망명 엘프들이 가져온 기술 혁신에서 실현한 차세대 가제트다.

"……생각해 보면 이 수상조계가 저런 기술의 본고장인 셈이니까. 당연하다는 듯이 사용할 만해. 심지어 마이즈루의 연구소에 있던 붙박이형보다 진보해서 들고 다닐 수 있구나."

디지털 제품을 좋아하는 이쥬인이 작은 목소리로 감탄했다.

현자들이 손목에 찬 손목시계. 가늘고 스타일리시한 생김새의 그것은 웨어러블형 모션조작 PC이다.

절반이 넘는 현자들이 신세대 공중 인터페이스를 전개하고 있다.

아리야는 그 광경을 시니컬하게 둘러보았다.

"덕분에 모처럼 풍경이 멋진 전망실에 있는데도 일을 마음껏 가져올 수 있었지만요. 저희도 묘하게 신경 쓰게 되고요."

"배고픈데 간식도 먹기 민망하고 말이야."

나츠키가 중얼거린다. 작은 목소리로, 하지만 진심으로 아쉽다는 듯이.

그러자 이쥬인이 열렬하게 고개를 끄덕였다.

"나츠키 선배, 절묘하네요. 사실은 저도 배가 등에 붙었어요."

"와우, 동지 발견~. 그러니까 시바, 식당 같은 곳에 안내해줘."

"그건 상관없는데요, 미리 말씀드립니다. ……고기가 하나도 없어요."

시바 청년의 갑작스러운 선고를 듣고.

나츠키와 이쥬인은 '헉?'하며 입을 떡 벌리고 말았다.

"망명 엘프 현자에겐 계율이 있거든요."

생선구이 꼬치를 한 손에 든 하프 엘프 아리야가 해설했다.

낚시꾼에게는 친숙한 흰살생선, 벤자리 소금구이.

가늘게 썬 생선 살을 닭꼬치처럼 꼬치에 꿰어 소금을 뿌린 뒤 숯불에 구워냈다. 덕분에 먹기 편하고 가시를 조심할 필요도 없다.

여름이 제철이라고 하지만 봄에도 충분히 기름지고 맛있었다.

"술 금지, 육식 금지, 큰 소리로 떠드는 것도 금지. 저 타워 부지 내에서는 일하는 사람이나 방문객도 같은 계율을 지켜야만 한대요."

일행은 외곽 블록의 항구 근처——'시가지'로 돌아와 있었다.

엘프가 아닌 휴먼 아저씨가 운영하는 포장마차에서 벤자리 꼬치구이를 사들인 뒤 와카야마 만의 바다를 바라보며 영양 보급 중이었다.

참고로 돈은 전부 시바가 냈다. 연상의 위엄을 보여주었다.

빠르게도 5개를 먹어 치운 이쥬인이 경악하며 말했다.

"그, 그거 너무 가혹하지 않아?! 닭튀김 도시락이나 햄이 들어간 샌드위치도 가져갈 수 없다는 뜻이잖아?!"

이쥬인은 크게 소리치면서 생선을 와구와구 먹었다.

한편 안주라도 집어 먹는 것처럼 조금씩 먹고 있던 시바 청년은 쓴웃음을 지었다.

"참고로 생선도 안 됩니다. 저도 육식이라 할 만큼 왕성하게 먹는 편이 아니지만, 아무리 그래도 탕두부 정식이나 채식주의자용 식단만 계속 먹다 보면 신물이 나서요. 그래서 이렇게 **밖**에 나오는 거죠."

"그렇구나. 바다에 떠 있는 도시니까 생선은 풍족하겠지."

나츠키가 감탄한 얼굴로 중얼거렸다.

"우리도 바닷가에 있었지만, 배를 움직일 가솔린이 한정적이라 낚시하러 가는 것도 쉽지 않았거든. 어망 같은 걸로 애쓸 수밖에 없었어. ——맞아, 쥐나 개구리를 잡아서 그 고기를 '닭'이라고 하며 팔아치우는 아저씨도 많았지. ⋯⋯뭐, 개구리는 맛있었지만!"

"수상조계에는 물고기 양식장도 있죠? 시바 씨."

아리야의 확인에 안경 쓴 청년이 고개를 끄덕였다.

"네. 전동선박도 많아서 해산물 확보는 힘들지 않았습니다. 문제는 '고기' 쪽이죠. 센트럴 타워에는 채소 생산공장 외에 합성고기 배양 플랜트도 있지만——솔직히 맛이 없거든요."

"그럼 고기를 확보할 수 있는 루트가 없는 거예요?!"

"아뇨. 조계의 외곽 블록에 식용 닭을 키우는 양계장이 있습니다. 다만 고기 종류는 인기가 많은 품귀 상품이라서 늘 입수할 수 있다는 보장이 없죠."

"에구구……. 그리고 보면 아인 님이 잡아주신 꿩, 맛있었는데!"

조계의 식량 사정을 안 이쥬인이 고개를 푹 떨궜다.

클론 엘프 소녀는 사격의 명수다. 오사카를 향해 떠난 여행길에서 꿩을 잡아 와 해체해서 식탁에 제공해주었다.

그 꿩 요리는 야생 고기 특유의 냄새도 없어서 무척 맛있게 먹었다.

"이치노세도 아인 님도 빨리 여기에 오면 좋겠다……."

"네. 모처럼 여기까지 도착했는데 그 두 사람이 마지막 순간에 없어지다니 비극이에요……."

이세계 세력의 습격과 일본 붕괴로 인한 괴로운 나날.

함께 살아 남아온 동지의 부재를 실감한 중학생 팀, 이쥬인과 아리야가 시무룩해져 있을 때——나츠키가 '어떤 것'을 가리켰다.

"바깥보다는 훨씬 낫지만, 여기도 성가신 일이 많은 것 같은데."

바닷가에 창고가 즐비한, 항구 근처에서는 친숙한 풍경.

하지만 그 벽에 나무 간판이 여럿 달려 있었다. 잉크로 적은 손글씨는 삐뚤빼뚤하지만 거친 기세가 느껴졌다.

내용은 제각각이었다. 예를 들면.

『엘프들은 외곽 블록의 전기공급 제한을 해제하라!』

『이 이상 난민수용은 불필요함. 조계정부는 쇄국을 선택할 것.』

등등. 한 번 훑어본 아리야가 고개를 갸우뚱거렸다.

"그러고 보면——외삼촌, 오늘 밤에 무슨 상영회를 연다고 했었죠? 아마 밤새 옛날 오타쿠 영화를 내리 본다는 느낌의."

"……사실 그런 건 센트럴 타워의 주민, 즉 엘프만이 누리는 특권입니다."

시바가 민망하다는 듯 알려주었다.

"수상조계라고 해도 무한의 에너지를 지닌 건 아니거든요. 외부 블록은 절전을 위해 밤 21시 이후는 전기공급이 중단됩니다. 하지만 중요시설로 가득한 센트럴 타워에선 그렇게 할 수 없으니……. 처음에는 이게 문제가 되지 않았지만, 소란을 피우는 사람들이 점점 늘어나서 **싸우는** 원인 중 하나가 되었죠."

"싸운다—— 즉, 이런 거야?"

사무라이 소녀가 자신만만하게 웃고는 가차 없이 말했다.

"여기에 피난 온 사람들이 엘프 선생님들이 더 우아한 생활을 한다고 생각하고 불평을 늘어놓는 거지?"

"이, 일부 그런 사람도 있다는 거예요!"

시바가 당황하며 대답했다. 하지만 그건 부정이 아니었다.

4

공 모양의 육체가 눈알을 감싸고 있다.

거대한 구체형 크리처──직경은 대략 10m 정도. 몸통 쪽은 녹색의 비늘로 뒤덮였고, 하늘에 둥실둥실 떠 있는 그 모습은 참으로 흉악한 비주얼이었다.

유우는 감옥 대신 받은 방의 발코니에서 어안이 벙벙해진 얼굴로 그것을 올려다보고 있었다.

같이 있던 아인이 이를 갈며 외쳤다.

"마안의 락사샤……. 성가신 녀석을 불러냈군!"

"그, 그건 무슨 크리처야?!"

"지상의 말로 설명하자면 데몬, 악마다. 인간과 비슷하게 생긴 녀석도 있고, 저런 이형(異形)의 모습으로 나타날 때도 있지. 어쨌거나 강한 마법과 요력(妖力)을 익힌──선택받은 달바의 종족에 버금가는 강자들이다!"

두 사람의 대화를 뒤로 허공에 떠 있는 대마법사가 낭랑하게 선언했다.

"자, 전사여! 그 갑주를 빨리 두르거라. 콰르달드는 그대와 공주가 무참하게 죽는 모습은 보고 싶지 않으니!"

"그렇다면 그런 괴물을 꺼내오지 말라고!"

태클을 거는 유우를 눈알 악마가 날카롭게 내려다보았다.

동시에 거대한 안구에서 보라색 빛의 파동이 날아왔다. 그 불길하게 빛나는 파문은 십수 미터 아래에 있는 유우와 아인을 향했으며──.

"3호, 성해포! 우리를 지켜줘!"

유우는 반사적으로 소리쳤다.

가변 나노 입자가 호리호리한 몸을 휘감더니 매트블랙의 나노 갑주로 변화했다.

단, 팔 부분에는 갑주가 없었다. 지난 전투에서 잃어버렸기 때문이다. 대신 여느 때는 목에 감기던 성해포가 두 팔에 빙빙 휘감기며 대용품이 되어주었다.

아수라프레임 3호기 루드라, 장착 완료.

직후 보라색 파동이 내려왔다.

장착자인 자신에게는 나노 장갑의 안티 매직 쉘이 있다. 하지만 아인은──유우의 마음에 응한 두 팔의 성해포가 빛을 뿌렸다.

노란색의 빛이 크게 부풀어 올랐다.

그것은 장착자 3호와 클론 엘프를 감싸는 빛의 배리어가 되었다!

"안티 매직 쉘의 위력을 확장하여 수호결계로 만든 건가! 성해포의 힘을 또 하나 끌어냈구나, 유우!"

"고마워, 살았어!"

등 뒤로 감싼 아인에게서 찬사를 받으며 유우도 고맙다고 인사했다.

3호 프레임과 성해포에게. 신기하게도 둘 다 단순한 도구라는 생각이 들지 않았다. 인격이라고 할 정도는 아니어도, 의사 같은 것이 깃들어있다는 느낌이다.

한편 콰르달드는 기뻐 보였다.

"그 용맹한 모습을 손꼽아 기다렸다! 가능하다면 그대의 갑주를 뜯어 내 마성의 보물창고에 걸어두고 싶군. 젊은 전사여──그대도 꼭 전리품에 추가하고 싶구나! 나를 모시는 종자가 되어라!"

그는 말을 마치자마자 마도지팡이를 휘둘러 부하에게 신호를 보냈다.

마안의 데몬이 급강하하여 유우와 아인이 있는 발코니로 달려들었다. 3호 프레임과 마찬가지로 중력을 조종할 수 있는 모양이었다.

그리고 안구에서는 '키잉!' 하는 괴음파가 날아왔다.

"으윽, 이명이 어마어마해! 아인은 괜찮아?!"

"간신히! 당신이 지켜준 덕분이다!"

본래대로라면 괴음파는 유우와 아인을 순식간에 죽이고도 남을 위력일 것이다.

하지만 이명과 속이 메슥거리는 정도로 끝났다. 두 사람을 보호하는 빛의 배리어──안티 매직 쉘 덕분이었다.

그 방벽을 바라보며 콰르달드가 생글생글 웃었다.

"좋아, 좋아. 제법 투기장다워졌군. 실은──검투사 노예를 싸우게 하는 놀이를 아주 좋아해서 말이야! 뛰어난 전사를 보면 손에 넣고 싶어진단 말이지. 그대를 만난 것은 말 그대로 예상치 못한 기쁨이다!"

그렇게 말하자마자 강풍이 휘이잉 몰아쳤다.

콰르달드의 모습이 사라지더니 유우, 아인, 크리처만이 전장에 남았다. 여기서부터는 뒤로 빠져서 구경할 생각인 걸까——.

"그 마법사, 나를 노예로 삼고 싶다고 한 거야?"

제멋대로인 주장에 유우는 당황했다.

"좋은 사람 같아 보였는데, 영문을 모르겠어!"

"유우. 결국 그 녀석과 당신은 다른 세계의 주민인 거다. 대마법사 콰르달드는 확실히 '좋은 친구'가 될 수 있는 남자일 테지. 하지만 동시에 그 녀석은 눈썹 하나 까딱하지 않고 인간을 대량으로 죽이며, 노예들에게 목숨을 건 싸움을 강요하며 구경거리로 삼는다——. 고향 파람에선 그런 부류의 남자도 드물지 않아. 특히 영웅호걸이라 불리는 자라면."

"세계가 다르다……, 그런 건가."

아인이 준 깨달음에 유우는 한숨을 흘렸다.

하지만 드디어 이해할 수 있었다.

검과 마법의 세계에서 대마법사가 되고, 수많은 생명을 쓰러뜨리고, 침략과 승리를 반복해온 영웅——. 아마도 그 성정은 유우의 상상을 능가할 만큼 거칠고, 또 좋은 의미로도 나쁜 의미로도 배포가 큰 것이다.

그와 비교하면 '이세계에서 망명해온 천재 과학자'나 '엘프 여왕의 클론체'가 그나마 일본인 중학생과 마음이 통할 수 있는 건지도 모른다.

너무나도 이질적인 존재. 실력만이 아니라 인격마저 눈에 띄는 호걸들.

"**적** 중에는 저런 사람들이 많이 있겠지……."

유우는 중얼거렸다.

그러는 사이에도 마안의 데몬은 '마법 시선'을 계속해서 쏘아보냈다. 보기만 해도 대상에게 마법을 거는 능력의 주인이다.

3호 프레임의 센서가 여러 개의 마법을 감지하여 보고해주었다.

《이블아이 오브 데스》, 《이블아이 오브 메두사》, 《이블아이 오브 버스트》.

전부 안티 매직 쉘이 무효화해주고 있다. 하지만 심장에 안 좋은 것도 사실이다――.

"이 녀석에게 마력 외의 특기가 있는지 시험해봐라. 유우, 근접 장비다!"

"알았어――가자, 3호! ……잠깐, 어라?!"

아인에게 즉시 대답한 뒤 뛰쳐나가려고 한 유우. 하지만 경악했다.

"모, 몸이 어마어마하게 무거워! 평소와 전혀 달라!"

팔다리에 무게추가 달린 족쇄라도 찬 것처럼 움직임이 어색했다.

그래도 힘을 쥐어짜 한 걸음, 두 걸음 전진했다. 그럴 때마다 관절이 '끼긱, 끼긱.'하고 삐걱거렸다.

마안의 데몬은 현재 몇 미터 앞의 허공에 떠 있다.

본래대로라면 0.1초 만에 거리를 좁혀서 주먹이든 발차기든 꽂았으리라. 하지만 지금 3호 프레임은 명백한 동작 불량을 일으키고 있었다.

"역시 낮과 같은 증상이야!"

"조심해라! 저쪽도 난타전으로 끌고 갈 생각이다!"

아인이 경고했다.

시선을 보내니 마안의 데몬은 새로운 마력을 사용했다. 공 모양 육체의 좌우에 갑자기 '팔'이 생긴 것이다.

기이하리만치 탄탄한, 근육이 울퉁불퉁 튀어나온 인간의 팔——.

그것은 대략 직경 10m 정도 되는 거대 안구의 크기에 걸맞을 정도로 길고 굵었다. 마안의 데몬은 먼저 오른팔을 '부웅!'하고 휘둘렀다.

강렬한 라이트 훅이 3호 프레임과 유우를 덮쳤다.

"으아악——?!"

칠흑과 황금의 나노 갑주가 날아가 발코니에서 허공으로 내동댕이쳐졌다.

방금 전의 타격을 센서는 제대로 감지했고 유우도 회피하려고 반응했다. 그런데 3호 프레임이 동작하지 않아 직격을 맞았…….

6층 탑에서 떨어진 기체는 자유낙하를 시작했다.

하다못해 반중력 리프터만이라도 쓸 수 없을까—유우가 초조해졌을 때.

"……닿아라, 치유의 기도여. 자비로운 붓다의 비호는 평등하게 생명을 키워내고 사랑할지니! 일천의 손을 내밀어 나의 맹우를 구원하라!"

시를 읊조리듯이 아인이 입을 움직였다.

아수라프레임의 마도 관련 기능을 각성시키는 가스펠 코드, 그 신비로운 시 구절을 닮았다. 그렇게 느낀 유우의 몸에—기적이 일어났다.

"어……?"

"아카샤의 영역에서 마력을 되찾는 것은 달바 녀석들만이 아니야. 내 종족의 현자들만큼은 아니지만…… 나에게도 마도의 능력은 있다, 유우!"

속절없이 추락하던 3호 프레임.

그 전신이 허공에서 우뚝 멈추더니 급상승하기 시작했다. 반중력 리프터에 의한 비행 능력이 갑자기 부활한 것이다—아니.

되살아난 건 비행 기능만이 아니었다.

두 팔에 징징 감겨있던 성해포가 풀리고 본래의 위치인 목으로 돌아갔다. 3호 프레임은 두 장의 가느다란 날개를 펼친 듯한 독특한 위용을 되찾았다.

그리고 어깻죽지부터 팔꿈치, 주먹 등 두 팔에 장갑이 구축되었다——.

"3호를 **마법**으로 회복시켜준 거구나?!"

"눈치가 빠르군! 아수라는 인조 기계이지만 동시에 생명이 있는 마신이기도 하다. 따라서 치유술을 걸면 어느 정도는 수복할 수 있지……!"

설마 RPG에서 친숙하게 보는 회복마법에 신세 지게 되는 때가 올 줄이야.

감탄하며 3호 프레임을 걸친 유우는 위로 올라가 마안의 데몬과 같은 고도로 되돌아왔다. 단, 제대로 싸울 생각은 없다.

"이건 어떠냐!"

목에 감은 머플러 형태의 성해포가 촉수처럼 꿈틀꿈틀 움직였다.

그 끝이——검의 끄트머리처럼 예리하게 모습을 바꾸었다. 엑스칼리버 모드의 간이 버전. 그대로 채찍처럼 휘어진 성해포가 허공에 떠 있는 데몬에게 쇄도했다!

날카로운 끄트머리가 안구를 찢었다.

일도양단. 구체 크리처가 두 토막으로 깔끔하게 갈라졌다.

——끼아아아아아아아아아아악?!

안구만 있고 입이 없는데도 데몬의 절규가 울려 퍼졌다.

어떤 의미에선 초자연적인 악마다운 부조리함을 마지막에 보여준 구체가 힘없이 땅으로 추락했다.

"유우! 아수라의 힘이 유지되는 사이에 지상으로 돌아가자!"

아인의 조언에 응해 유우의 시야에 창이 나타났다.

헬멧의 바이저 위로 데이터를 표시하는 헤드 마운티드 디스플레이가 귀환 루트를 알려주었다.

성의 이미지와 화살표로 나아가야 할 방향을 지정하고 있다.

"위로 나는 건가. 알았어!"

회오리바람의 마성은 네 귀퉁이에 각각 탑이 있다.

그중 하나의 6층 발코니로 돌아온 유우는 파트너를 안아 들었다. 클론 엘프 소녀는 든든하게 고개를 끄덕인 뒤 주저 없이 체중을 맡겼다.

그녀를 '공주님 안기'로 안고 다시 날았다.

기괴한 회색 하늘. 소용돌이무늬가 구름처럼 여기저기에 떠 있다. 지구의 하늘이 아닌 《공(空)의 영역》이다.

끊임없이 고도를 높여 수상한 하늘의 끝을 향했다.

이렇게까지 으스스하고 위험한 비행을 맨몸으로 경험하고 있는데도 아인은 참으로 호걸답게 웃었다.

"후후후후. 언젠가 신부가 되었을 때 같은 것을 당해보고 싶군!"

"위험하니까 한 번으로 충분해, 이런 건!"

"무슨 소리냐. 하늘에서 올리는 결혼식이라는 것도 우리답지 않나?"

"저기, 애초에 우리는 연애를 시작한 적도 없으니까——."

하늘에서 투닥투닥 대화를 주고받고 있을 때.

별안간 신의 계시처럼 커다란 목소리가 울려 퍼졌다.

『나의 성에서 떠날 생각인가? 아직 대접은 끝나지 않았다, 전사여!』

하늘 구석구석, 땅끝까지도 닿을 것 같은 목소리.

에코 효과까지 들어가서 장엄하리만치 윙윙 울리는 그것은 당연하게도 대마법사 콰르달드의 목소리였다.

『조금 더 나와 함께 해 다오. 부탁이다!』

"음——이번엔 숫자로 압도할 생각인가!"

머리 위쪽에 어느새 어마어마한 양의 안구가 떠 있었다.

조금 전에 쓰러뜨린 데몬의 동족인 듯했다. 다만 크기는 직경 2m 정도로 퍽 작았다. 그만큼 숫자는 비교가 되지 않을 만큼 많다. 3호 프레임의 센서가 계산한 적의 총 숫자는 '372마리'라고 떴다.

등록명도 나왔다. 비홀딩 데몬. 바라보는 악마라는 뜻이다.

아인은 유우에게 안긴 채 눈살을 찌푸렸다.

"저 숫자는 성가시군. 《둠즈데이 북》을 사용하고 싶지만, 그걸 사용했을 때 견딜 수 있을 만큼 아수라가 회복했는지가─조금 미심쩍어."

"필살기 같은 그거, 못 쓰는 거구나……."

"힘겨운 싸움이 될 거다. 여차할 때는 나를 던져서라도──."

"아니, 괜찮아, 아인은 이미 충분히 해 줬어. 남은 건 내 차례야."

"뭐라고?"

의아한 표정의 파트너 덕분에 **회복**한 파라미터.

시야 구석에 떠 있는 창에 표시된 수치는 '5,000,000,000'. 즉 50억이다.

낮에 사자자리의 스카르샹스와의 전투했을 때는 12억을 밑돌았다.

"둠즈 어쩌고를 쓰지 못해도, 아인의 마법으로 3호의 나노 머신도 조금 회복된 모양이야. 이걸로 어떻게든 해 볼게!"

"드로이드 연성 말이로군! 좋아, 맡겨라!"

──그대, 마음의 월륜(月輪)에서 금강의 형상을 떠올려라.

──깨달은 자가 말하노니. 자신의 월륜 속에서 금강을 보라…….

유우에게 안긴 채 아인이 주문을 영창했다.

조금 전, 아수라프레임을 지원하는 군사용 인공위성 아발로에서 다운로드했다는 가스펠 코드였다.

3호 프레임에 내장된 《아르스 마그나 유닛》을 기동시키는 커맨드 워드.

유우가 두른 장갑 수트에서 가변 나노 입자가 대량으로 방출되었다.

반짝반짝한 빛은 곧바로 여러 종류의 확장 드로이드로 변화했다.

먼저 '긴 손톱이 달린 로봇 암'. 인간형 로봇의 팔꿈치부터 주먹까지의 형상을 딴 것이 하늘을 날아다니며 수작업과 **공격**을 해댄다. 손에 달린 손톱이 기이할 정도로 길고 날카롭다. 《MUV 클로 건틀릿》이었다.

예리한 손톱이 달린 주먹이 둘 나타나 3호 프레임의 두 팔에 장착되었다.

이어서 형성된 것은 '길쭉한 금속 케이스' 두 개.

이것은 3호의 두 다리와 연결되며, 기관총이나 로켓 런처가 내장된 《MUV 런처 부츠》.

게다가 비행기의 날개를 'ㅅ' 모양으로 조합한 드로이드가 둘.

이것들은 3호 프레임의 동체 정면과 등에 결합하여 추가 비행용 날개이자 장갑판이 된다. 《MUV 윙 클로크》다.

전신에 확장 드로이드를 장착하여 두 배는 더 커진 장착자 3호──.

이쥬인이 종종 '풀 아머'라고 부르며 피규어까지 구입했던 3호 프레임의 강화 버전이었다.

마지막으로──등에 《MUV 에어 모빌》이 더해졌다.

간단히 말하자면 유선형의 수상 오토바이다. 단, 앞에 로봇팔이 둘 달렸기 때문에 손을 쓰는 작업도 가능하다.

이 암이 3호 프레임의 양쪽 어깨를 붙잡아 연결 완료──.

아인은 수상 오토바이에 위풍당당하게 걸터앉았다. 핸들바도 붙잡고 있어서 이제는 공주님 안기 자세의 불안정함이 없어졌다.

대마법사 콰르달드에 의한 '하늘의 음성'이 다시 울려 퍼졌다.

『오오! 그러한 모습까지 숨기고 있었다니, 참으로 얄밉구나!』

"패션쇼도 아닌데 갈아입은 정도로 놀라지 말라고!"

유우는 이세계의 영웅을 향해 소리쳤다.

그대로 비홀딩 데몬 372마리가 기다리는 구역으로 돌입했다. 거대하기 짝이 없는 눈알을 지닌 공 형태의 마물은 각종 방향에서 이블아이 마법을 날려댔다.

372대 1. 어마어마한 수적 열세다.

"하지만──바꿔 말하자면 막무가내로 공격해도 맞힐 수 있다는 게 되지. 유우, 조준할 필요 없다!"

"맞는 말이야. 부탁할게, 3호!"

아인의 조언대로 공격 의지를 발하는 유우.

두툼해진 두 다리가 바쁘게 기관총을 갈기고, 런처의 포탄을 쏘아냈다.

그래도 탄막을 가로질러 가까이 접근해 온 데몬은 두 팔에 장착한 건틀릿으로 무자비하게 받아쳤다. 긴 손톱으로 적 크리처의 섬세해 보이는 눈알을 찢고, 도려내고, 심지어 안구 안쪽으로 초진동음격이며 고압 전류를 추가로 흘려보냈다!

물론 적도 반격했다.

사방팔방에서 날아오는 이블아이 마법들.

괴이한 광선, 초음파, 열선, 주술 등. 다양한 효과를 안티 매직 쉘로 막아내면서 3호 프레임은 눈알 데몬이 모여있는 영역을 억지로, 일직선으로 뚫고 지나갔다.

이윽고 하늘의 회색이 점점 진해지더니 칠흑으로 변화했다.

"슬슬 지상이 가까워졌다, 유우!"

"밤하늘이 보여―만세!"

어느새 3호 프레임은 별들이 깜빡이는 하늘을 날고 있었다.

아래로 밤바다가 보였다. 해안선을 보고 동해 쪽, 마이즈루시라는 걸 알 수 있었다. 유우와 아인은 시작 지점 근처의《포털》로 이송되었던 모양이다.

하지만 덕분에 남서쪽으로 날아가면 된다는 걸 판단할 수 있었다.

아인을 태운 풀 아머 상태로 서둘렀다. 빨리 날았다. 동료들이 기다리고 있을 수상조계 '나유타'로.

오사카만을 지나 와카야마만이 있는 바다로!

서두르는 유우의 등 뒤로 어디선가 잘생긴 목소리가 날아왔다.

『오늘 밤은 여기까지 해두겠다, 칠흑과 황금의 전사여. 언젠가 **전장**에서 그대와 재회할 날이 오기를…… 간절히 바라고 있으마!』

회오리바람의 대마법사가 보내는 열렬한 메시지였다.

수상도시의 풍경

1

육로로 그렇게 고생해가며 넘어온 교토·오사카 사이의 삼림지대.

하지만 오늘 밤은 다르다. 유우와 아인은 3호 프레임의 비행 능력에 힘입어 고작 30분 만에 횡단해냈다.

아수라프레임도 지금까지 동작 불량은 일으키지 않았다.

아까 받은 치유마법이 효과를 봤기 때문이다. 덕분에 순조롭기 짝이 없는 야간 비행. 남은 우려는 아무런 장비 없이 3호 프레임의 등에 올라탄 아인 정도——.

유우는 물었다.

"춥거나 바람이 세거나 하진 않아?! 괜찮아? 아인."

"문제없다. 당신의 아수라에 내장된 비상석…… 반중력 리프터에는 중력장으로 소지자를 보호하는 기능도 있어. 바람을 가르는 통증에서도, 추위에서도 나를 지켜주고 있다. 더 속도를 올려도 될 정도다!"

"알았어!"

마침내 3호 프레임은 바다에 가라앉은 구 오사카권의 상공에 도달했다.

그대로 바다 위로 나왔다. 오사카만이었던, 칸사이의 주요 도시권을 집어삼킨 '신 칸사이만'을 대각선으로 가로질러——.

"뭔가 메시지가 떴는데? ……수상조계에서 온 거다!"

"어디. '탕아의 귀환을 환영한다'라. 저쪽의 현자가 우리의 위치 정보를 포착하고 안심한 모양이군."

시야 안에 나타난 메시지 창.

놀란 유우와의 정보연결로 아인도 그것을 읽었다.

3호 프레임은 드디어 와카야마만의 상공으로 돌입했다. 현재 위치가 표시된 지도상에 빛의 점으로 뜨며 날아가는 비행은 쾌적하기 그지없었다.

1초마다 수상조계 '나유타'가 가까워지고 있다.

이제 곧 동료들과 재회할 수 있다! 유우의 가슴이 두근거린 그때.

"……어라? 총성을 감지했는데?"

투다다다다다!

3호 프레임의 센서에 잡힌 외부의 소리.

경기관총의 연사일까. 영상 창이 나타났다. 바다 위에 정지한 배가 표시되어 있다. 호위함 정도는 아니지만, 제법 큰 국방해군의 함선이었다.

분명 초계임무에 동원되는 총 50m 정도 길이의 배로 기억한다.

나무로 된 범선이 그 초계함에 접근하여 **습격**하고 있었다.

배 사이에 긴 널빤지를 걸쳐, 고풍스러운 나무 갑판에서 나타난 인간형 크리처가 잇달아 초계함으로 건너갔다.

조잡한 옷을 입고 짧은 검이며 손도끼를 든 전사들———.

"……인간?!"

흠칫 놀란 유우는 동요했다.

갑작스럽게 떠올랐기 때문이다. 지난 반나절 동안 연속으로 마주친 적들. 인간을 쏙 빼닮은 대마법사 두 명의 얼굴을. 설마 이번에도.

하지만 적병의 모습과 그들을 태운 모선을 다시 확인한 유우는 안도했다.

"죽은 자의 배다, 유우!"

아인도 바로 말했다.

"저 해적들은 전부 언데드다. 어중간한 무기로 쓰러뜨리는 건 어려워!"

너덜너덜한 범선에서 쏟아지는 전사는 전부 좀비다.

살이 군데군데 썩어 문드러지는 바람에 뼈가 드러난 자도 적지 않다. 죽었기 때문인지 그렇게 재빠르지는 않다. 굼뜬 움직임으로 근대 기술의 결정인 초계함에 쳐들어가서는, 국방해군의 대원에게 검을 휘두르고 있다.

지구에서는 몇 세기 전에 사라진 해적 전법.

맞서는 이들은 함선 근무용의 파란 제복을 입은 국방관들.

권총, 서브머신건, 자동소총을 필사적으로 쏴 갈기며 좀비들의 썩은 몸뚱이를 날려버리고 벌집으로 만들며 응전하고 있다.

하지만 머리나 심장에 치명적인 대미지를 입지 않는 한 죽은 해적은 멈추지 않는다.

접근하기 전에 쓰러뜨리면 괜찮다. 하지만 그렇게 하지 못했을 경우에는——.

움직임은 느려도 어마어마하게 강한 근력을 지닌 좀비에게 붙들려서 물어뜯기고, 씹히고, 잡아먹힌다.

심지어 적의 수가 몹시 많았다.

목조 범선에서는 한계가 없다는 것처럼 좀비가 우글우글 솟아났다!

"어라? 해적선 쪽도 크리처로 인식되는데?"

"그래. 저 배 자체가 망자 무리를 만들어내는 괴물이다. 근원을 차단하지 않는 한 끝이 없지!"

그 사실을 깨달은 유우에게 등 뒤에서 아인이 가르쳐주었다.

등록명 '고스트십'. 위험도 BBB. 유우의 시야──헬멧의 헤드 마운티드 디스플레이에 상세정보창이 떴다.

"구조해야겠어. ……하지만 적과 아군이 마구 섞여 있네."

전투 중인 두 척의 배 위에서 재빠르게 정지한 유우.

고도 50m의 상공에서 전황을 내려다보며 중얼거렸다.

센서가 감지한 초계함 갑판 위의 적 좀비 수는 18마리. 마찬가지로 갑판에 나와서 응전하는 국방관은 22명──지금 한 명이 물려 죽었기 때문에 21명이 되었다.

가세한다면 1초라도 빠른 게 낫다.

하지만 적과 아군이 뒤섞인 혼전 상태이기 때문에 다수의 탄환이나 드로이드를 뿌리는 타입의 공격으로는 인간까지 휘말리고 만다. 그렇다고 좀비를 한 마리씩 근접전으로 쓰러뜨리기에는 시간이 너무 걸리고…….

"드로이드를 전개할 건가? 유우!"

"······아니. 그래서는 **늦어**. 나에게 생각이 있어."

즉답한 유우는 등에 달린 확장 드로이드를 분리했다.

아인이 탄 수상 오토바이형 《MUV 에어 모빌》. 애초에 보조해 줄 보병이나 특수부대를 운반할 때 사용하는 드로이드인 모양이다.

본체에서 떨어져도 동력공급이 있는 한 비행 능력을 잃지 않는다──.

"떨어질지도 몰라서 좀 걱정이지만, 기다려줄래?"

"안심해라. 비상석은 본래 우리 왕국에선 공중도시를 띄우기 위해 사용하던 비보. 드로이드 하나 정도는 100년도 띄워둘 수 있다!"

허공에서 정지한 채 대기 상태에 들어간 드로이드에 탄 아인이 말했다.

유우는 풀 아머 상태인 3호 프레임을 급강하시켰다.

한쪽 무릎을 내민 자세로 갑판에 내려섰다. 마치 '쿠웅!'하는 착지음이 울려 퍼질 듯한 기세인데도 거의 무음이었다. 반중력 리프터가 만들어낸 기예다.

따라서 좀비와 국방관 중 누구도 《장착자 3호》를 눈치채지 못했다.

동시에 유우는 보이스 커맨드로 장비를 지정했다.

"3호. 비······ 치사성, 마비음파던가? 그걸 써."

기억이 가물가물한 장비명을 더듬더듬 입에 담은 순간, '키이이이이이이이이이이이이이이이이이이이이이이잉!'하는 기이한 소리가 퍼져나갔다.

나노 장갑의 흉부에서 비치사성 마비음파가 뻗어져 나갔기 때문이다.

생물의 신경계에 충격을 가해 한동안 움직이지 못하게 만드는 폭도 진압용 장비다. 유리판을 금속으로 마구 긁어대는 듯한 소리가 갑판 위에 작렬했고——.

약 20명의 국방관은 한 명도 빠짐없이 비틀비틀 쓰러졌다.

다리가 풀리고 팔이며 발, 입술, 관자놀이 등이 경련하고 있다.

그리고 그들의 표정은 얼어붙었다. 지금 소리로 《장착자 3호》의 존재를 알아채고, 누구보다 든든한 영웅에게서 공격을 받았다는 사실에 놀라 경악했기 때문이다.

계획대로. 유우는 바로 일어났다.

확장 드로이드를 장착한 풀 아머 상태의 두 팔을 앞으로 내민 뒤, 평소보다 3배는 더 길어진 손가락을 쭉 뻗었다.

날카로운 손톱이 달린 로봇 암, 《MUV 클로 건틀릿》.

10개 있는 손가락 끝에서 탄환이 연속으로 발사되었다.

원격 장비 중 하나인 압축공기 기관총. 초경질 칼슘탄을 연사했다. 풀 아머 때만이 아니라 통상 시의 손가락에서도 사출할 수 있는 무기였다.

——콰가가가가가가가각!

흩날리는 탄환이 좀비들의 가슴 위——머리와 심장에 잇달아 수많은 바람구멍을 냈다. 그렇게 초계함에 침입한 적병을 고작 수십 초 만에 전멸시켰다.

마비음파는 어디까지나 '생물'의 신경계에 영향을 주는 것.

생명이 없는 언데드의 육체에는 효과가 없다. 유우는 그것을 반대로 이용했다.

"3호는 이걸 노리고⋯⋯."

"우, 우리가 휘말리지 않도록⋯⋯."

쓰러진 국방관들은 유우의 의도를 깨닫고 감동한 표정을 지었다.

눈물을 글썽거리는 사람마저 있다. 하지만 그들에게 신경을 쓸 여유는 없다. 유우는 다시 날았다.

망자를 만들어내는 유령선, 고스트십의 바로 위로.

선실의 문이 열리고 새로 나타난 좀비 떼가 우글우글 목조 갑판으로 몰려나왔다. 느릿느릿한 걸음으로 국방해군의 초계함을 향해 접근한다———.

"성해포, 부탁해!"

목에 두른 성해포가 두 장의 날개처럼 펼쳐졌다.

그 노란 천에서 마찬가지로 노란색으로 빛나는 분말이 살포되었다. 그것은 가루 같은 노란색의 연기가 되어 고스트십을 집어삼켰다.

분말 하나하나가——실은 성해포의 조각이다.

성스러운 영력을 무수히 품은 수수께끼의 아이템은 언데드 계열의 크리처에 지극히 유효한 무기가 된다.

해적 좀비만이 아니라 거대한 유령선마저 순식간에 소멸되었다.

분말이 된 성해포를 뒤집어쓰고 정화된 것이다.

"오오오오오오오오오!"

"3호! 3호! 살아있는 거였군요?!"

"나야, 사쿠마! 미즈키 너——지금까지 어디에…….."

마비가 풀리기 시작한 건지 목숨을 건진 국방관들이 술렁거렸다.

비틀비틀 일어나 하늘에 있는 3호 프레임을 손가락으로 가리키는 사람도 있다. 개중엔 《장착자 3호》를 개인적으로 아는 듯한 청년 사관마저 있었다——.

유우의 심장이 철렁했다. 죽은 '선대'의 이름이 분명 미즈키 신이치였다.

해줄 수 있는 말이 아무것도 없었다. 곧바로 고도를 올려 하늘에서 기다리고 있을 아인이 탄 확장 드로이드와 연결. 가속 개시.

다시 수상조계 '나유타'로 날아가기 시작했다.

"잠깐. 잠깐 기다려! 내 이야기를 들어줘, 미즈키!"

청년의 목소리가 등 뒤로 따라붙었다.

이세계의 대마법사에 이어 처음 보는 일본인 국방관의 부름. 유우는 그 목소리들을 떨쳐내듯이 날았다.

그리고 20분 뒤.

풀 아머 상태의 3호 프레임은 밤바다 위에 떠 있는 수상도시에 도착하여 중심에 우뚝 서 있는 센트럴 타워의 옥상으로 내려섰다.

아인을 내리자마자 유우는 바로 장착을 해제했고——.

"이런 시간까지 기다려줬구나, 다들!"

"당연하죠! 전원이 모일 때까지 여행의 종착지에 도착했다고
는 하지 못하니까요!"

"아인 님과 함께 살아있을 거라고 믿었다, 친구야!"

"그래서 그 후에 유우 군이랑 아인은 어떻게 된 거야? 꼭 무용
담을 들려줬으면 하는데!"

아리야, 이쥬인, 나츠키가 웃으면서 맞아주었다.

감정이 풍부한 '친우'는 눈물을 글썽거리고 있을 정도다. 벌써
1년 가까이 동고동락한 이쥬인과 유우는 주먹을 툭 맞대고는 서
로를 향해 고개를 끄덕였다.

아무튼 드디어 여행의 목적지에 도착한 것이다.

자연스럽게 북받친 미소가 기분 좋다.

"역시 너였나, 나달——내 '어머니'를 섬긴 오현자 중 한 명이여."

한편, 아인은 키가 큰 망명 엘프를 무례하리만치 빤히 쳐다보
고 있었다.

금발을 빡빡머리로 깎은 그는 이목구비만 보면 수려했다. 하
지만 눈매가 몹시 날카로워서 한눈에 봐도 괴팍해 보였다.

"건강하신 듯하여 다행입니다. 공주님을 맞이하게 되다니 뜻
밖의 행운입니다."

나달이라 불린 엘프 현자가 대답했다.

후드가 달린 로브와 일본 전통복과 비슷한 형식의 옷을 입고
있었다. 유명 SF 영화의 코스튬을 쏙 빼닮은 것은 우연인 걸까?

그는 어딘가 오만함이 감도는 어조로 말을 이었다.

"지금은 비상시. 위성 아발로와 천공장서의 문을 여는 《왕가의 열쇠》는 무엇보다 더 귀한 가치를 지닙니다. 당신과——새로운 장착자 3호의 존재를 남김없이 이용하겠습니다."

"이, 이용?"

높은 지위에 있는 인물의 무례하기 짝이 없는 말에 유우는 깜짝 놀랐다.

익숙한 건지 아인은 기가 막힌다는 얼굴로 어깨를 으쓱했다.

"변하질 않았군, 정말……. 신경 쓰지 마라, 유우. 나달은 기본적으로 무례하고 성격이 더러운 괴짜에다 자꾸만 어린아이의 놀이를 흉내 내고 싶어 하는 유치한 녀석이다. 그리고 절대 그렇게 보이진 않을 테지만 유능하기도 하지. 친하게 지내두는 게 좋다."

"그렇구나……."

"음. 공주님의 말씀대로 내 지혜는 황금과도 같지. 그러니 먼저 너에게 요청하고 싶구나. 아수라프레임과 나노 의료에 정통한 현자들——그들에게 내일 아침, 반드시 진료를 받아다오."

바로 날아온 요구에 유우는 흠칫 놀랐다.

그랬다. 이쥬인도 예전에 경고했었다.

『너, 3호를 장시간 장착하진 마라.』

『3호와 이치노세를 확인해보니까 막연히 떠오른단 말이지.』

『어딘가 '톱니바퀴가 안 맞는', 미묘하게 불길한 이미지. 지난번처럼 10분, 20분이라면 괜찮을 것 같지만 몇 시간씩 장착하는 건 아마…… 위험할 거야.』

유우는 그 지적을 떠올렸다.

실제로 고작 40분 정도 풀로 가동시켰다고 전투 직후에 실신한다는 몹시 위험한 증상이 나타났으니까…….

2

센트럴 타워에 도착한 것은 심야 1시가 지난 시각이었다.

유우와 동료들은 타워 55층에 있는 게스트룸을 빌려서 취침했다.

한 사람당 방 하나씩. 전기도 마음대로 쓸 수 있고 에어컨과 냉장고도 제대로 작동된다. 뜨거운 물로 샤워해서 개운해진 뒤 침대에 뛰어든 순간, 부드러운 감촉에 황홀해진 유우는 곧바로 잠들어버렸다.

벌써 열 달 넘게 멀리해왔던 문명 생활이 여기는 건재하다!

꿈을 꾸는 듯한 기분으로 일어나 아침 8시에 같은 층에 있는 식당으로 갔다.

이 시간에 모이자고 동료들과 약속했기 때문이다.

많은 망명 엘프들로 북적이는, 몹시 청결한 식당 한구석. 아인, 이쥬인, 아리야, 나츠키와 같은 테이블에 앉았다.

각자 좋아하는 것을 주문해 카운터에서 받아온 참이었다.

유우는 바로 요리 중 하나에 손을 댔다.

"와아, 오이 샌드위치라니 오랜만이야. 신선한 채소가 가득 들어간 데다 전부 맛있어서 감동했어. 사용한 마가린도 꽤 버터에 가까운 맛이고. ……정말 이 타워에서 이걸 전부 만든 거야?"

샌드위치를 음미하며 유우가 물었다.

아삭아삭한 오이의 식감이 상큼하다. 샐러드 그릇을 빨강, 녹색, 하양, 노랑으로 물들이는 채소도 아주 신선해서 말 그대로 갓 따왔다는 느낌이었다.

아리야가 BLT 아닌 LT 샌드위치를 먹으며 대답했다.

"네. 센트럴 타워는 60층 건물이지만 대부분이 생산 공장이에요. 채소나 배양육, 인공 우유를 비롯한 합성 유제품. 식품 말고도 생활필수품이나, 아무튼 자급자족에 꼭 필요한 것을 만든다는 느낌이죠."

"최근엔 채소도 실내에서 기르는 곳이 많았었지."

14살 남학생치고는 드물게도 채소를 좋아하는 유우.

정크 푸드를 좀 껄끄러워해서 직접 요리할 때도 많기 때문일 것이다.

"하지만! 이 배양육이라고 했던가? 퍽퍽하고 약품 냄새도 좀 나서 진짜 고기가 너무 그리워져……."

정크 푸드와 기름진 것을 고루고루 사랑하는 이쥬인은 불만을 드러냈다.

하얀 배양육 햄버거를 꾸물꾸물 먹고는 시무룩하게 어깨를 떨구고 있다. 같은 메뉴를 고른 나츠키도 쓴웃음을 지었다.

"확실히 요리하다 망친 닭가슴살과 비슷한 것 같아."

"현자가 되는 수행 중 하나에 고기의 번뇌를 버리는 게 있다. 뭐, 우리 종족 중엔 애초에 고기를 싫어하는 자도 적지 않으니까.

그런 녀석들이 만든 '가짜 고기'의 완성도가 좋을 리 없지."

그렇게 가르쳐주는 아인은 환하게 웃는 얼굴이었다.

고구마──그것도 나루토킨토키*를 사용한 스위트 포테이토를 먹고 몹시 만족하는 중이었기 때문이다. 반면 만족하지 못하는 이쥬인은 클론 엘프 소녀에게 투덜투덜 호소했다.

"하지만요. 하다못해 육류나 어류의 반입 정도는 허락해줄 수도 있지 않아요? 이 탑에는 우리 같은 인간도 일하고 있는데……."

"미안해. 그건 허락할 수가 없어 ♪"

노래하듯 경쾌한 목소리가 날아왔다.

바로 근처에 앉아있던 여성 엘프 현자였다. 롱원피스 위에 소매가 바닥까지 닿을 만큼 긴 파란색 가운을 걸치고 있었다.

당연하게도 아름다운 얼굴이지만 좀 어렸다. 예쁨보다는 귀여움이 더 눈에 띄는 이목구비다.

"여기는 신성한 장소…… '기도의 고리' 바로 근처이니까. 최대한 경건해야 하는 성역이야. 이해해주렴."

"앗, 네. 죄송합니다……."

어린아이를 타이르는 듯한 말에 이쥬인이 움츠러들었다.

망명 엘프 현자는 생긋 웃고는 그 후 유우를 바라보았다.

"이야기는 들었어. 당신이 이치노세 유우. 루드라──하늘의 아수라를 각성시킨 레지스터지? 그리고…… 무척 반가운 얼굴을 뵙습니다."

"그래. 그대의 얼굴도 기억하고 있다."

---

* 일본 토쿠시마 현에서 생산되는 고구마의 품종 중 하나.

인사를 받은 아인은 기억을 더듬듯 생각에 잠겼다.

"……내 '어머니'를 섬겼던 오현자 중 한 명, 아자린 대승정. 그렇지?"

"네. 그리고 지금은 아수라프레임 12체의 개발을 총괄하며 인조 마신을 받드는 신전의──관리인이라고 할 수 있는 지위에 있습니다."

아자린이라는 이름으로 추정되는 현자가 공손히 머리를 숙였다.

"프레이어 휠……. 아수라프레임의 동력원이기도 한 **이 녀석**에 그런 비밀이 있었다니."

이쥬인이 바깥 공기를 쐬면서 중얼거렸다.

시선 끝에는 직경 55m의 거대한 바퀴가 있다. 철골로 지탱하는 구조는 관람차와 같았지만, 곤돌라는 없다.

하지만 유원지의 놀이기구처럼 천천히 회전하고 있다.

상당히 거대한 구조물이다. 높이 300m인 센트럴 타워의 뒤쪽에 있기 때문에 존재감이 희박했지만──.

이쥬인은 크게 흥분하며 말했다.

"새삼 가까이서 보니까 박력이 대단해! 확실히 3호 프레임의 허리에 달린 휠과 똑같이 생겼어!"

"저쪽이 원조 근원, 이세계 파람에서 가져온 《기도의 고리》예요."

정보통인 아리야가 설명했다.

"3호의 벨트에 달린 작은 크기로도 발전소 하나보다 더 많은 전력을 만들어내죠. 심지어 무공해에너지. 바람이나 태양광, 수류, 중력파 등을 흡수해서 전기와 마력으로 변환하는 국보급 레어 아이템이에요."

"하지만 왜 《기도의 고리》인 거야?"

"그 이름 그대로거든요."

고개를 갸웃거리는 이쥬인에게 아리아가 담백하게 대답했다.

"저 바퀴에는 엘프족의 역대 현자와 고승의 영혼이 깃들어있어요. 그들은 자연계에 가득한 지수화풍공(地水火風空)을 받아들여 성스러운 기도를 바쳐서 '힘'으로 변환시키죠. 사실 《프레이어 휠》은 이따금 기도하는 노래를 부른다고 해요."

"그걸 지구에서 **재현**한 게 '이 녀석'이라는 거구나."

나츠키가 감탄하며 꼼꼼히 살펴보았다.

관람차와 흡사하게 생긴 거대한 바퀴, 인조 프레이어 휠(Prayer Wheel)을.

"커다란 만큼 3호의 바퀴보다 발전량이 훨씬 많고 그런 건 아닌가?"

"아쉽게도 그건 아니에요. 오히려 성능은 떨어지는 편이고⋯⋯. 3호를 비롯한 아수라프레임 13체에 사용된 '원조'를 재현하기 위해 다양하게 노력하고 연구하는 사이에 점점 크기가 커진 결과거든요."

"뭐, 하지만 덕분에 수상조계는 전기를 쓸 수 있다는 거지!"

나츠키가 환하게 웃으면서 말했다.

"관람차 같은 생김새도 랜드마크 느낌이 들어서 좋은데. 고리

에 깃든 고승들의 영혼이 '이 주위에서 고기 먹지 마라, 술도 안
된다!' 하시는 거라면 어쩔 수 없지."

"발전 효율이 떨어진다고 하니까요……."

"으윽. 그런 사정이라면 나도 참을 수밖에."

한숨을 쉰 이쥬인이 다시 시선을 위로 올렸다.

이번에는 인조 프레이어 휠 관람차가 아니라, 센트럴 타워의
고층부로.

"이치노세 녀석, 어떤 진단이 나올까……."

유우와 아인은 여기에 없다.

조금 전 아자린 대승정을 따라 의료 센터로 향했다.

두 사람을 기다리는 동안 소문으로 듣던 인조 휠을 구경하러
나온 것이었다. 하지만 아무리 거대해도 돌아가는 관람차를 보
기만 해서는 지루하다.

빠르게 구경을 끝내고 다 함께 타워의 엔트런스로 돌아왔을 때.

"……어랍쇼?"

나츠키가 가장 먼저 깨달았다.

"군대 녀석들이잖아. 꽤 거만한 표정인데?"

엔트런스 앞에 모여 있는 제복 차림의 국방관들이 십수 명——.

근처에는 군용 트럭도 세워져 있었다. 차종을 보고 기계류 전
반에 정통한 이쥬인이 눈썹을 찌푸렸다.

"전기자동차가 아니야. 가솔린차를 타고 다니는 건가?"

"해외와 오갈 일도 없어진 지금의 일본에서요? 가솔린이라니,
원유 수입이 없으면 생산할 수 없는 귀중품의 선두주자잖아요?"

"우리나라의 아저씨들은 갑작스러운 변화에 약하니까 말이야."

젊은 두 사람의 발언에 역시나 젊은이인 나츠키가 어깨를 으쓱했다.

"일찌감치 이 조계로 도망쳐와서 엉망이 된 본토의 생활을 별로 보지 못했으니…… '일본은 아직 끝나지 않았다, 다시 일어설 수 있다!' 같은 착각으로 가솔린을 절약할 생각을 못 하는 건지도 몰라!"

"으음. 너무 그럴싸한 이야기라서 가슴이 갑갑해지네요……."

"그리고 보면 항구에는 국방해군의 배도 정박해있었지……."

달관한 전직 여고생과 달리 중학생 두 명은 뭐라 말할 수 없는 불안을 느끼며 어두운 표정을 지었다.

"맞다. 3호 프레임은 엘프 여러분에게 소유권이 있는 거였죠?"

예전에 후배 아리야가 가르쳐준 중요정보.

그걸 문득 떠올린 유우가 물었다.

"제 몸과 동화해버렸는데, 꺼낼 수 있을까요? 그게 안 된다면 돌려드릴 수 없는데——."

"물론 분리할 수 있지 ♪"

아자린 대승정은 노래하듯 사랑스러운 목소리로 대답했다.

"당신이 말하는 3호 프레임——루드라를 구축하는 나노 입자만 몸속에서 빼내면 돼. 분리하지 못하면 정비하기 어려워지거든. 그리고 지금부터 바로 그 작업을 할 거야."

"그럼 정비하는 김에 그대로 반납하겠습니다."

아수라프레임을 정당한 주인에게 돌려주고 싶다.

유우의 솔직한 심정이었다. 수상조계 '나유타'로 오는 위험한 여행길도 끝난 이상, 자신들에게는 이제 필요 없으니까.

하지만 아자린은 가련한 엘프의 미모로 '뭐?!' 하며 놀랐다.

"하늘의 아수라는 당신과 함께 있을 때 비로소 도움이 되는 존재인 거잖아? 당신들의 인연을 어째서 끊어야만 하는데?!"

"그 말이 맞아. 반납할 필요는 없다, 이치노세 유우."

나달 이사도 즉답했다.

센트럴 타워 50층의 나노 의료 센터.

파란 검사복으로 갈아입은 유우는 측정기기가 딸린 침대에 누워있었다. 이식자의 체내 나노머신도 확인할 수 있는 MRI라고 한다.

"너 말고 누가 소지한들 무의미하다. 그렇다면 네 곁에 있어야 하지 않겠느냐. 그것이 합리적인 방안이라고 본다만, 어떻게 생각하지?"

나달 이사는 어떤 모니터를 흥미롭게 주시하며 말했다.

그가 바라보는 것은 '전투기록'이었다.

"논리, 합리, 도리, 억지. 전부 다 소중한 것이지."

"나달이여, 마지막 하나는 틀렸다. 그건 조금도 소중히 할 필요 없다고, 분명 내 어머니도 타일렀을 텐데."

옆 침대에서 아인이 말을 던졌다.

유우와 같은 옷을 입고 같은 기계로 점검을 받는 중이었다. 파트너의 발언에 용기를 얻은 유우가 한 번 더 주장했다.

"하지만 '사용할 수 있다'는 것뿐이지, 제게 소유권은 없으니까요……."

"잘못된 표현이로군. 정확하게는 이리 말해야 한다. '제대로 다룰 수 있다'고."

이사의 중얼거림. 처음 그는 영상 데이터를 보고 있었다.

3호 프레임의 헤드 마운티드 디스플레이에 표시된 영상과 음성——전투 중에 유우가 보고 들은 것을 전부 고속재생하면서.

겸사겸사 3호가 전투 중에 보인 속도, 출력, 마력 등의 추이 그래프.

거기에 외부환경 데이터 등 막대한 양의 숫자가 나열되었으나 나달 이사는 고작 3분 정도 만에 모두 확인을 마쳤다.

모니터 화면이 스크린 세이버로 넘어간 뒤 이사는 유우 쪽으로 몸을 돌렸다.

"그 미숙한——이름은 기억나지 않지만, 그럴 가치도 없는 이전 장착자보다 출력을 비롯한 모든 스펙이 높은 수치를 기록하고 있다. 아수라프레임이 원래 그렇지. 장착자와의 상성에 따라 능력치까지 변동하니."

"나달이여. 목숨을 걸고 싸우다 전사한 용사다. 그에 맞는 경의를 표해라."

연장자인 이사를 아인이 자연스럽게 혼냈다. 당사자는 태연한 얼굴로 말을 이었다.

"실례했습니다. ——어쨌거나 이치노세 유우, 너는 루드라에게 선택받은 소년이다. 카탈로그 스펙이 상승하는 것은 필연. 하지만 '경험'은 다르지. 이전 장착자에겐 2년하고도 5개월 동안 하늘의 아수라를 다뤘다는 경험치가 있었다. 그럼에도."

나달 이사가 날카로운 눈초리로 유우의 얼굴을 응시했다.

"전술과 무기의 선택. 상황을 확인하고 판단하는 속도. 그 적절성——모든 면에서 네가 더 뛰어나다. 너처럼 아수라프레임을 '제대로 다루는' 장착자는 지금까지 **거의** 없었지."

"그래. 위성 아발로를 수호하는 장착자 **9호**와 같은 수준인 것 같아."

아자린 대승정도 고개를 끄덕였다.

현자 두 사람의 말에 아인이 자랑스럽다는 듯 가슴을 폈다.

"그렇지! 그 희귀한 자질이 있기에 나와 아수라의 인정을 받은 거다. 이치노세 유우야말로 하늘의 왕을 두르기에 어울리는 나의 반려다."

"이, 이상한 칭찬은 하지 마. 그리고 마지막의 그건 좀……."

갑작스러운 칭찬에 유우는 당황했다.

그러자 연애 이야기를 좋아하는 건지 아자린 대승정이 눈을 빛냈다.

"어머, 어머머! 두 사람, 벌써 그런 관계가 된 거야?! 멋져라!"

"공주님. **발정**하셨다면 신속하게 타워에서 퇴거를 부탁드립니다. 우리 현자도 아이를 만들 때가 있으나, 그것은 성역 밖에서 동물적인 행위에 잠기거나 시험관 속에서 인공 수정을 행하는 케이스로 국한되어 있습니다."

나달 이사가 눈썹 하나 까딱하지 않고 담담하게 충고한——
직후.

MRI 검사실의 문이 열렸다.

엘프가 아닌 청년이 성큼성큼 들어왔다. 국방해군의 제복을
입고 있다. 검은 재킷에 하얀 와이셔츠, 넥타이라는 조합이었다.

소매의 계급장을 통해 대위라는 걸 알 수 있었다.

"이사! 장착자 3호는 어디에 있지?!"

"…………무슨 소리지?"

청년 사관이 언성을 높이며 캐물었다. 반면 나달 이사는 여느
때와 같은 날카로운 눈매로 고개를 갸웃거릴 뿐이었다.

"벌써 반년 넘게 모습을 보이지 않았던 3호——미즈키 소령이
나타난 곳에 나도 있었어! 내 목숨도 구해줬지. 이 눈으로 직접
봤다고!"

"흠. 좋다, 조사해보지."

두 사람의 대화를 들은 유우는 떠올렸다.

흥분한 청년 사관의 목소리를 기억하고 있다. 어젯밤, 포털
《회오리바람의 요새》에서 탈출한 뒤 구조한 초계함. 그곳을 떠
날 때 이쪽을 향해 외치던 목소리다!

전 장착자 3호의 아는 사이로 추정되는 인물——.

MRI 침대에 누운 채 유우는 심장이 쿵쿵 뛰는 걸 느꼈다.

다행히 사관은 일본인 중학생 따위는 조금도 안중에 없는 모
습이었다.

"그러고 보면——며칠 전에 수용한 난민도 같은 소문을 입에

담았던 모양이던데. 사쿠마 대위까지 목격했다면 몹시 신빙성이 크다고 할 수 있겠군. 조사 결과는 추후 보고하도록 하지!"

바로 눈앞에 《장착자 3호》가 있다.

나달 이사는 그 사실을 깔끔하게 숨기면서 든든하게 약속했다.

3

"그럼──이치노세는 지금 장착하지 못하는 거야?!"

"응. 한 시간에 걸쳐 3호의 구성 입자를 제거했거든."

흔들리는 경트럭의 짐칸에서 이쥬인에게 사정을 설명했다.

속도는 그리 빠르지 않았다. 진동이나 바람을 가르는 소리는 참을 수 있는 정도였다. 진료가 끝난 뒤, 차를 빌려 센트럴 타워에서 떠나는 중이었다.

참고로 경트럭은 환경에 부담을 적게 주는 전동 EV차다.

운전석에서는 나츠키가 운전대를 잡았고 옆자리 조수석에 아리야가 있다.

"그 타워도 깨끗해서 쾌적하고 나쁘지 않았지만!"

"아리야 같은 평범한 사람은 주위가 시끌시끌한 곳도 그리워진다고요!"

"외곽 마을에는 오락 시설 같은 곳도 있다고 해."

"사람이 모이는 장소에는 그러한 시설도 꼭 필요해지니까요!"

여자 둘이 차 안에서 신나게 떠들고 있다.

그렇다. 수상조계 '나유타', 그 중앙 블록은 지극히 정결한 세계.

지금 막 통과 중인 삼림 에어리어에는 여기저기에 저수지가 있고 시냇물 같은 용수로도 흐르고 있다. 다양한 새들이 서식하기에 재잘재잘 지저귀는 소리로 넘쳐흘렀다.

숲을 산책하며 자연을 느끼고 싶을 때는 남부럽지 않은 장소라 할 수 있다.

하지만 도시 인프라가 붕괴한 본토에서 온 중고생들에게는 거리의 소음과 왕성하게 오가는 인파가 무엇보다 가장 그리웠다.

"뭐, 무리도 아니지."

유우 옆에 앉아있는 아인이 덜컹덜컹 흔들리는 경트럭의 짐칸에서 태연히 입을 열었다.

"현자들의 계율이나 관습은 존중하지만, 그렇다고 종일 그들과 함께 지내고 싶은지는 또 별개의 문제이니."

퍽 이해한다는 듯한 얼굴로 남기는 코멘트였다.

쾌청한 봄날은 이제 막 시작되었다. 곧 점심을 먹을 시각이기도 하다.

그런고로——.

외곽 블록의 바다 근방까지 왔다. 주차장에 경트럭을 세우자 유우를 비롯한 짐칸 팀도 드디어 진동에서 해방되었다.

자갈을 뿌려놓은 게 전부인 주차장은 반 넘는 공간이 채워져 있었다.

조금 걷자 광장이 나왔다. 그곳에 천으로 된 천막을 세운 노점과 포장마차가 모여들어 먹자골목을 하나 만들어내고 있었다.

일본 내에서는 드물지만, 해외에서는 흔히 볼 수 있는 야시장

풍의 공간이었다.

여기저기를 둘러보며 나츠키가 희희낙락 말했다.

"점심으로 뭘 먹으면 좋을까~. 먹을 걸 다양하게 팔고 있어!"

"당연히 고기죠! 오오. 저 가게, 닭다리살을 구워서 로스트치킨으로 만들었잖아. 껍질이 바삭바삭한 게 맛있어 보이──는데 비싸!"

"우와. 닭다리 하나에 5,200엔이라니…….."

이쥬인을 전율하게 만든 가격표를 본 유우도 탄식을 흘렸다.

신 칸사이만의 바닷가에 형성된 난민가와 마찬가지로 여기서도 물가가 폭등한 모양이었다. 그 거리의 주민이었던 나츠키는 전혀 놀라지 않고 손가락을 움직였다.

"저쪽에 있는 꼬치는 하나에 1,000엔이라 그나마 가격이 괜찮은데."

"잠시만요, 나츠키 선배. 저거 카타카나로 '새고기 사용'이라 적혀있는 게 수상하지 않아요? 닭인지 아님 또 뭔지…….."

아리야가 미심쩍어하는 얼굴로 중얼거렸다.

그러자 강직하고 과감한 클론 엘프 아인이 나섰다.

"그럼 물어보면 되겠군. 주인장, 하나 묻고 싶은 게 있는데. 그건 무슨 새를 사용한 거지? ──그래, 갈매기란 말이지. 맛있나?"

"글쎄. 하지만 일단은 고기니까 기뻐하는 녀석도 많아!"

미모의 엘프가 물어보는 바람에 놀란 듯한 포장마차의 주인은 아인의 수려한 얼굴과 길쭉한 귀를 뚫어지게 쳐다본 뒤 기세 좋게 말했다.

"육지의 새와는 다르게 이 섬에서도 쉽게 잡을 수 있거든!"

"그렇군, 바닷새인가."

"그나저나 엘프 선생님이 이쪽 마을에 나오다니, 별일이네!"

"나는 현자가 아니니까. 아마 앞으로는 종종 얼굴을 비치게 될 것 같다. 잘 부탁한다."

"오오!"

시장의 아저씨와 대화를 나누는 아인에게는 기품있는 관대함이 흘렀다.

그런 데다 털털하고 종족과 문화의 경계를 넘어 커뮤니케이션을 즐기는 모습에 유우는 역시 여왕의 클론이라며 감탄했다.

왕족＝철부지. 그런 막연한 이미지가 있었다.

하지만 생각해 보면 왕족이기 때문에 교류하는 사람도 많을 것이다.

거기에 주눅 들지 않는 담력과 적극성이 더해지면 아인 같은 사람이 만들어진다는 것도 수긍할 수 있었다.

"나보다 아인이 더 확실하게 사교성이 좋아……."

"그건 모르겠지만, 너희는 어떻게 할 거지? 내 사냥꾼으로서의 경험에 비추어봤을 때, 바닷새는 다른 선택지가 있을 때 굳이 먹고 싶을 만큼 훌륭한 맛이 아니다. 물론 충고를 흘려듣고 과감하게 도전하는 것도 젊음이라 할 수 있겠지만."

"그렇게까지 말하는 데 도전할 용기를 낼 만큼 아리야는 무모하지 않아요."

오직 이쥬인만은 '수상한 고기'를 힐끗 쳐다본 뒤 미련을 드러냈으나.

　다른 멤버는 생선을 숯불로 구워내는 포장마차로 이동해 맛있는 냄새를 폐부 깊이 들이마시며 차례차례 주문했다.

　기름진 삼치, 보리멸, 갈치 등.

　봄이 제철인 흰살생선을 시작으로 이것저것. 여기에 보리새우까지.

　새우 말고는 토막 낸 덩어리를 꼬치로 꿰어 먹기 편하게 해놓았다. 생선은 세 마리를 나란히 꿰어놓았는데 다른 생선보다 비쌌다.

　"하지만 고기보다는 싸단 말이지……."

　"수요와 공급의 균형이라는 거지. 뭐, 새우도 좋아하니까 괜찮지만. 나는 빨리 지방과 육즙이 뚝뚝 떨어지는 돼지고기나 소고기를 뜯고 싶어……."

　말라깽이인 유우와 투실투실한 이쥬인이 대화하는 뒤에서 아리야도 끼어들었다.

　"'원/위안 환영!'이라고 내건 가게도 많아요. 솔직히 엔화보다 그쪽이 더 가치가 높은가 봐요."

　"그쪽은 아직 나라의 형태를 유지하고 있는 모양이니까."

　나츠키도 가담했다.

　다 함께 종이봉투에 넣은 해산물을 안고 시장을 돌아다녔다.

　"오. 저기에 테이블과 의자가 많이 있어!"

　이쥬인이 재빠르게 발견한 자리에 달려갔다.

　아리야와 나츠키도 그 뒤로 따라왔다.

"저쪽 포장마차에서 산 것을 먹는 사람도 많네요……. 이런 곳도 포함해서 해외 야시장을 흉내 낸 건지도 모르겠어요."

"제대로 된 건물을 만드는 건 품이 많이 드니까."

비어있는 테이블로 이동한 일행은 전리품을 늘어놓았다.

다른 포장마차에서 산 소금 주먹밥과 함께 유우는 생선 소금 구이를 먹었다. 역시 바닷가 마을이라 안정적으로 맛있었다.

"……오오. 늘어나는 과자라니 재미있는데. 유우!"

"떡은 배가 부르니까 과자라기보다는 어엿한 식사 아닐까."

일행 중 아인은 혼자 주먹밥을 고르지 않았다.

젓가락으로 인절미를 늘어뜨리곤 하면서 지저분하게 먹고 있었다.

하지만 다소 식사 예절에 어긋나는 방식도 그녀가 하면 고귀한 사람의 우아한 놀이로 보이는 게 신기했다.

젓가락을 능숙하게 잘 사용하는 데다 먹는 자세가 아름답기 때문일 것이다.

그 모습에 유우는 가슴이 두근거렸다. 이렇게 비범한 여자아이가 종종 자신에게 적극적인 플러팅을 날려댄다. 그 현실이 아직도 실감이 나지 않았다.

……하지만 그건 그렇다고 치고.

현실적인 문제를 마주하기 위해 유우는 발언했다.

"그런데 말이야. 지금까지는 가설기지 같은 곳에 있었으니까 돈을 쓸 곳에 없었지만. '마을'에서 생활하기 시작하면 아마 소지금을 금방 다 써버리지 않을까?"

"음……, 그렇겠지."

이쥬인이 동의했다. 아리야도 중얼거렸다.

"어딘가 일할 곳을 찾아야겠어요. 나달 외삼촌과 함께 사는 것도 꽤 힘드니까요."

"그야 직장에서 코스프레하는 사람이니……."

"아. 그거 역시 코스프레였구나……."

중학생 3인조가 생활비와 일거리를 걱정했다.

경제가 개발 도상인 나라라면 드물지 않은 광경일 것이다. 아마 지금 일본에는 비슷한 고민을 하는 미성년자가 널려있지 않을까?

그리고 그런 세계에서 살아남은 '선배'가 경쾌하게 웃었다.

"좋아! 그럼 같이 뭐가 장사라도 고민해볼까? 나츠키 씨도 예전 난민가에 있던 친구들과 합류해서 새 일을 시작해야 한다고 생각하던 참이거든!"

"좋은데요! 아, 하지만 이치노세는 그래도 괜찮아?"

이쥬인의 질문에 유우는 어리둥절하게 대꾸했다.

"왜? 내가 반대할 이유는 전혀 없잖아."

"무슨 소리야. 너는 2대————호잖아. 국방군이나 엘프 선생님들이 너한테 뭐라고 하지 않겠어?"

장착자 3호라는 부분만 작은 목소리로 속삭인 친구.

누가 듣고 있을지도 모르는 길거리에서 그 이름을 큰 소리로 담는 걸 우려한 것이다. 걱정하는 표정인 이쥬인과 마주 본 유우도 소곤소곤 대답했다.

"그…… 글쎄. 프레임은 지금 없고, 반납하고 싶다는 이야기도 했거든."

자신이 2대. 후계자.

적나라한 단어에 떠올리고 말았다.

대마법사 콰르달드의, 말 그대로 영웅이라 불릴 법한 인품. 사자자리의 스카르샹스는 어린 외모임에도 요사스러울 정도로 아름답고 흉포했다.

장착자 3호로서 사람들 앞에서 싸울 때마다 갈채를 받는다.

하지만 '그 안에 든 사람'인 유우와 대마법사들과의 차이는 역력하다. 무엇보다.

"나는 정말로…… **그 사람들을** 위해 싸울 수 있을까?"

그 말은 오직 마음속으로만 몰래 중얼거렸다.

난민가나 초계함의 전투에서 구했던——모르는 사람들을 떠올리면서.

식욕을 채운 뒤에는 오락의 차례.

먹거리를 파는 포장마차가 가득한 푸드 마켓에서 조금만 더 걷자, 함석판과 목재를 사용한 간이가옥과 조립식 주택이 가득한 대로에 도착했다.

길을 걷는 사람도 우글우글해서 딱 번화가스러운 열기와 소음으로 가득했다.

음식점은 물론이고 그 외의 가게도 많았다.

"뭐, 젊은 여자가 있는 가게는 어디에 가도 생기는구나."

"뉴스에 보도될 때 '음식점 근무'로 탈바꿈되는 업계 말이죠. 남자는 젊든 아저씨든 진짜 다 바보들이라니까요."

"참고로 나츠키 씨가 봤을 때 더 수상쩍은 가게도 여기저기 있어."

"주, 중학생인 우리는 그런 거에 관심 없거든!"

"이쥬인은 모르겠지만, 적어도 유우는 그렇겠지. 이미 운명의 상대와 만났으니 언제든 관계를 진행할 수 있으니……."

여자들과 이쥬인은 아슬아슬한 화제로 아우성이었다.

유우는 당황하며 한 가게의 간판을 가리켰다.

"이, 이상한 소리 하지 마! 그보다 노래방이 있는 것 같은데!"

"어? 통신 환경 같은 건 어떻게 처리한 거래?"

이쥬인이 중얼거렸다.

그곳은 세련된 인테리어의 술집으로, 대낮부터 술을 마시는 남녀로 호황이었다. 중고생에 청년층 등 연령대도 다양했다.

음악과 함께 어설픈 노랫소리가 들렸다.

슬쩍 들여다보자 스피커에서 보컬이 없는 반주가 흘러나오고 있었다.

"오오~. 예전에 있던 마을에선 기타나 하모니카 연주에 맞춰서 노래하는 걸 종종 했었는데. 이쪽은 더 발전된 형태네?"

감탄하는 나츠키. 이쥬인은 고개를 갸웃거렸다.

"인터넷이 거의 다 마비되었으니 통신 노래방 시설을 사용할 수 없을 텐데요."

예전에는 재난 시엔 인터넷으로 정보를 수집하라고 했다.

하지만 정부에 의한 자주적 피난 권고인 '대후퇴'가 발령된 것은 일본열도의 혼슈에서 상당수의 평야 지대가 괴멸·수몰되었기 때문이다.

심지어 비슷한 피해가 북반구에 광범위로 확장된 건지——.

현재 도시에 있는 서버나 회선집약시설은 거의 기능하지 않고 있다.

그 결과 인터넷 세상도 괴멸 상태에 놓였다. 회선이 살아있는 에어리어나 위성회선으로 인터넷에 접속해도 별다른 콘텐츠를 관람할 수 없는 상황이다.

가게 바깥에서도 성대하게 들리는 멜로디와 노래. 이쥬인이 의아해했다.

"으음……. '대후퇴' 전에 다운로드해둔 보컬 제거 버전의 노래라도 틀어놓은 건가?"

"아니에요. 노래가 노래방 반주용으로 어레인지되어 있어요."

2년쯤 전에 유행했던 팝송.

아리야가 하프 엘프의 긴 귀를 움찔거리며 주의 깊게 들었다.

"아마 DTM 프로그램을 써서 노래방용으로 처음부터 만들어낸 반주일 거예요. 어딘가에 음원이 잠들어있었던 건지도 모르고요. 그리고 아리야도 그렇지만, 절대음감이 있어서 듣고 옮길 수 있는 사람이라면 이런 걸 만들 수 있어요."

"그렇군."

아인이 감탄했다.

"사람이 많이 보인 만큼 재능과 기술을 지닌 인재도 많은 셈인가. 거기에 장사를 하고자 하는 의욕이 더해지면 재미있는 것이 다양하게 만들어지는 법——."

참으로 왕족의 견해라는 느낌이 드는 그 발언은 정확했다.

일본열도의 도시 생활이 붕괴한 지 벌써 1년이 다 되어간다. 하지만 수상조계 '나유타'의 번화가는 제법 충실했다.

본토에서 '회수'해온 만화 · 소설을 모아놓은 유료 도서관.

그곳에는 다운로드를 마친 전자 서적을 담은 태블릿이나 스마트폰도 놓여 있었다.

스트리밍 서비스는 즐길 수 없으니, DVD · 블루레이를 상영하는 소규모 상영관도 인기였다.

직접 만든 음식이나 생활용품을 프리마켓처럼 내다 파는 사람들.

옛날이라면 밀조주라고 불렸을, 허가 없이 집에서 만든 술도 당당히 팔리고 있다.

——확실히 부족한 것도 많이 있다. 하지만 지혜와 연구로 그럭저럭 탄탄한 소도시가 형성되고 있었다.

그리고 어떤 것을 본 일행은 환희했다.

"아. 큰 목욕탕도 있나 봐."

"그렇다는 건 목욕을 할 수 있다는 건가. 들어가 보자, 유우!"

아인의 말에 '대중탕'이라 적힌 포렴을 가르고 들어가는 게 즉석에서 정해졌다.

4

풍당. 물방울이 떨어지는 소리까지 상쾌하다.

전신을 뜨끈뜨끈한 물에 푹 담그는 쾌락에 황홀해진 여자 세 명. 아인, 나츠키, 아리야는 다들 힘을 쭉 빼고 극락에 간 표정을 지었다.

"계속 여행에 여행을 거듭하다 보면 아무래도 목욕을 소홀히 하게 된단 말이지……."

아인이 절절히 중얼거렸다.

"매일 목욕할 수 있다는 건 역시 기분 좋군!"

"어젯밤에도 꼼꼼히 샤워했으니 더할 나위가 없어요!"

"넓은 욕탕이라는 게 또 좋단 말이야!"

아리야와 나츠키도 강하게 동의했다.

대중탕 내의 여탕이었다. 넓은 욕조에는 뜨거운 물이 가득 담겨 있었다. 레트로 모던 풍의 타일이 깔린 바닥과 벽에는 옛 일본의 향수를 자극하는 '정취'가 있었다.

그리고——수도꼭지를 틀면 물을 마음껏 쓸 수 있다.

담수와 전기를 자급자족할 수 있는 수상조계 '나유타'의 장점.

그래서인지 대낮인데도 여탕은 제법 북적북적했다. 여자끼리 잡담을 나누는 목소리도 여기저기에 가득했다.

세 사람도 편안하게, 기탄없이 대화를 주고받았다.

"수상조계는 물이 풍부하다는 이야기, 사실이었구나아아……."

나츠키가 절실히 실감한다는 목소리로 말했다.

"전기도 야간 사용 제한이 있을 뿐 낮에는 비교적 자유로우니까 전자제품도 컴퓨터도 충분히 쓸 수 있을 것 같고……. 예전에 있던 마을과 비교하면 진짜 천국이야! 그곳의 발전 설비로는 물 재생 시스템을 굴리는 것만으로도 벅찼거든. 만들어낸 물은 귀중품이니까 공평하게 나눠야 했고!"

"그러고 보면. 나츠키 선배는 계속 그 난민가에 계셨던 거예요?"

"아니. 거기에 정착하기 전에는 여기저기 돌아다녔어."

아리야의 질문에 여느 때와 같은 장난기 어린 말투가 돌아왔다.

씩 웃는 나츠키는 육감적인 몸매를 숨기려 하지도 않고 당당히 책상다리를 하고 앉은 자세로 물속에 몸을 담그고 있었다.

건강하게 살이 붙어서 가슴, 허벅지, 엉덩이의 굴곡도 빼어났다.

게다가 복근이 갈라졌고 허리는 잘록해서──여성적인 성숙함과 전사로서의 역량을 골고루 갖춘 육체미였다.

"이렇게 좋은 욕탕을 쓰고 나면 목욕한 뒤에 한잔하고 싶어진단 말이지!"

"그 흐름대로라면 차가운 물이나 콜라는 아닐 것 같은데요?"

"아하하하. 나츠키 씨는 일단 전직 고등학생이니까 그렇게 많이 안 마셔. 맥주는 큰 잔으로 석 잔 정도고, 거기에 일본주랑 소주가 한 병씩 있으면 충분하지롱."

"터무니없는 주량이잖아요!"

호걸의 면모를 보이는 사무라이에게 태클을 거는 아리야는 몹시 호리호리했다.

체구가 작은 것만이 아니라 골격마저 얇았다. 하지만 소녀다운 곡선을 그리는 몸에는 뼈가 도드라지는 부위가 없으며, 가슴도 적당히 부풀어있다.

툭 건드리면 무너질 것 같은 작은 설탕 공예품 같기도 했다.

"미리 사양해두지. 나에게 술을 권하지 마라."

아인이 견제하는 말을 던졌다. 나츠키는 의외라는 듯 물었다.

"왜? 같이 대작하면서 의형제의 맹세라도 나누자구."

"바보 같은 소리. 그런 건 악마의 물이다! 그런 것을 그렇게 들이켰다간 결국은 지혜로운 자들이 수치를 모르는 아둔한 무리로 탈바꿈하고 마는 것이다!"

열변을 토하는 아인은 신성하다고 표현할 수 있는 몸매였다.

날씬한 몸에 쏙 들어간 허리의 굴곡이 농염하다. 거기에 가슴은 넘치도록 크며, 허리 부근에서 엉덩이로 이어지는 부위에도 탄탄한 볼륨감이 느껴졌다.

그녀의 몸이 그리는 곡선미를 부러워하지 않는 사람은 없지 않을까?

황금비율이라고 하고 싶어질 만큼 이상적인 밸런스였다.

"술자리에 참석할 바에야 유우와 보내는 시간을 소중히 하고 싶군."

"하지만 말이야. 아인 씨랑 유우 군은 아직 '맺어진' 느낌은 안 든단 말이지. 혹시 두 사람, 아직 깨끗한 관계인 거야?"

"어쩔 수 없지. 그쪽은 보다시피 그런 성격이니 말이다."

"이해해요. 유우 선배는 나이가 곧 솔로 경력인 중학생이니까요. '시험 삼아 나와 사귀어보자♪' 같은 말은 절대 못 하는 타입인걸요."

"아하하, 확실히 그런 느낌이야."

"썩 싫지만은 않은 것 같지만, 선배는 대놓고 소극적이잖아요. 이제 와서 아리야가 끼어들어도 쉽게 가로챌 수 있을 것 같아요."

"클로에의 딸이여, 이상한 호기심은 자제해라. 관계는 지극히 순조롭게 진전 중이니."

다소 엉큼한 대화로 꽃을 피우는 세 사람.

장난치며 놀리는 아리야에게 아인이 단호하게 잘라 말했다.

"애초에 남자와 여자의 관계란 하룻밤만 있으면 어떻게든 바꿀 수 있는 법이다. 네게 그럴 각오가 있다면 또 다를 테지만……."

"네? 아인 씨, 벌써 거기까지 해버릴 생각이세요?!"

이치노세 유우와 함께 여행한 여자 세 사람.

그럭저럭 소란스러운 욕탕 안에 있다고 해도, 큰 소리로 떠드는 그녀들의 대화는 어렵지 않게 알아들을 수 있었다.

설령 남탕과 여탕 사이에 벽이 있다고 해도.

한 장의 벽이 두 장소를 가로막고 있다. 하지만 고전 목욕탕에서 흔히 볼 수 있는──천장까지 틀어막지는 않은 벽이었다.

그 틈새로 여탕의 떠들썩한 목소리가 넘어왔다.

따라서 욕조에 몸을 담그고 있던 유우와 이쥬인도 그것을 똑똑히 들었으니──.

"그렇다고 하는데. 어떻게 할래? 이치노세."

"그, 그런 건 내가 물어보고 싶거든?! 이쥬인이라면 이럴 때 어떻게 할 거야?!"

허둥거리는 유우의 물음에 친우는 담백하게 대답했다.

"으음. 나는 일단 부모님끼리 정한 거라고 해도 약혼자가 있는 몸이니까. 정중하게 거절할 수밖에 없지……."

"뭐——?"

유우는 입을 떡 벌렸다.

"지, 지금 뭐라고 했어? 약혼자? 진짜?!"

"전에 말 안 했던가? 내 고향은 요코하마인데, 이웃 사는 유서 깊은 집안과 오랫동안 가족 단위로 교류가 있었거든……. 뭐, 어쩌다 보니 그 집안 딸과 이쥬인 가의 장남 사이에서 그렇게 하자는 식이 되었어."

"이쥬인네 집이 아주 잘 사는 것 같다는 생각은 했었는데."

어렴풋하게 느끼면서도 무례한 질문이 될 테니 물어보지 못했던 것.

유우는 새삼스럽게 그 말을 입에 담았다. 하야마에 별장이 있다, 정월과 여름방학이면 자주 가족끼리 해외여행을 간다, 일요일에는 어머니를 따라 클래식 콘서트를 보러 간다 등등. 사실 '그런 것 같은' 발언은 여러 번 있었다.

"혹시 아주아주 대단한 집안이라거나 뭐 그런 거야……?"

"아니야. 이런 시대에선 집안이나 가업은 의미가 없잖아!"

털어버리듯이 말하는 이쥬인. 하지만 부정은 하지 않았다.

1년 가까이 사귄 '친우'의 사정을 그제야 엿보게 된 유우는 '하아아…….' 하고 한숨을 쉬었다.

한편 천연덕스럽게 밝힌 당사자의 표정이 갑자기 어두워졌다.

"내 가족도 약혼자의 가족도 후쿠오카로 피난했다고 하니까,

진짜 소식을 확인하고 싶은데 말이지! 인터넷이 망가졌으니 재해용 전언 서비스도 복구될 예정이 없고! 답답하지만 어쩔 수 없어!"

친우의 진심 어린 한탄. 유우는 '그럼'하고 입을 달싹거렸다.

——그럼 내가 후쿠오카로 날아가서 확인하고 올게.

여기는 와카야마만 위에 떠 있는 수상조계. 시코쿠와도 가깝고. 3호 프레임을 장착하면 키타큐슈 에어리어도 옆 동네나 마찬가지였다.

하지만 입 밖으로 내기 직전에 어떤 대화가 귀에 들어왔다.

남탕의 손님들이 몸을 씻으면서 흥분한 목소리로 소문 이야기를 하고 있었던 것이다.

"들었어? 장착자 3호가 나타났대!"

"어? 그 녀석 죽은 거 아니었어?!"

"분명 전투하다 다쳐서 회복하는 데 시간이 걸렸던 거야! 다행이다. 조계 근처에도 크리처가 나타나지만——이제 지켜주겠지!"

"잘됐다……. 우리, 아직 살 수 있을지도 몰라!"

장착자 3호의 복귀에 기대하며 환희하는 목소리. 말. 표정.

오랜만에 나누는 밝은 화제라며 다들 웃고 있다. 하지만 유우는 홀로 얼굴을 굳히며 입을 꾹 다물어버렸다.

그런 '장착자'를 이쥬인이 걱정하는 눈으로 지켜보고 있었다.

5

유우는 해 질 녘의 번화가를 터덜터덜 걸어갔다.

혼자였다. 조금 전 목욕탕에서 나온 뒤 다른 동료들은 저녁으로 무엇을 먹을지 열성적인 대화를 주고받았다.

그 토론에는 가담하지 않은 채 훌쩍 걸어 나온 것이다.

답답한 마음으로, 목적지도 없이. 머릿속에서는 어제부터 오늘까지 들은 말이 자꾸만 재생되었다.

『들었어? 장착자 3호가 나타났대!』

『어? 그 녀석 죽은 거 아니었어?!』

『잘못된 표현이로군. 정확하게는 이리 말해야 한다. '제대로 다룰 수 있다'고.』

『안녕, 금강을 두른 자여. 나는 사자자리의 스카르샹스!』

『전사여——나중에 꼭 콰르달드에게 보여다오. 그 아름다운 갑주를!』

장착자 3호를 기다리고 바라왔던 사람들의 소박한 환희.

유우의 적성을 크게 칭찬해주던 나달 이사의 발언. 그리고——연속으로 만나고 대화까지 나누었던 대마법사 두 명.

"윽——……. 왜 이러는 거야, 나……."

위가 쿡쿡 쑤신다. 스트레스를 느끼는 모양이다.

하지만 무엇에? 이유를 알 수 없었다. **사람들**——친한 친구들을 지키고 이렇게 수상조계에 무사히 도착했는데?

마음에 걸리는 것이라고는 장착하고 싸웠을 때의 '그것' 정도

인데…….

"ㅇㅇㅇㅇ……."

구역질이 치밀어올랐다.

다리도 몸도 무거워서 그저 걷고 있을 뿐인데도 힘에 부친다.

아수라프레임을 다룰 수 있다. 전투에서 승리할 수 있다. 누군가를 구할 수 있다. 죽일 수 있다. 죽일 수 있다. 흉포한 크리처 무리를. 이형의 괴물과는 거리가 먼 대마법사들마저──.

뒤엉키는 다리로 걷는 것에도 한계가 왔다.

길가에 웅크리고 잠시라도 몸을 쉬게 해주려고 했을 때.

"괜찮나? 유우."

"……아인?"

고개를 돌리자 클론 엘프 소녀가 와 있었다.

"언제부터 뒤에 있었어……?"

"유우가 떨어져 나간 직후부터다. 혼자 있고 싶을 때도 있으리라고 생각했지만, 안색이 좋지 않았으니까. 조용히 지켜보고 있었다."

아인은 유우를 뒷골목으로 데려가 땅바닥에 앉게 해주었다.

간이 건물로 가득한 가건물 거리. 그 얄팍한 벽에 몸을 기대고 깊게 숨을 내쉬었다.

옆에 앉은 파트너에게 바로 인사했다.

"……고마워, 덕분에 살았어."

"이 정도는 얼마든지 해줄 수 있다. 인사보다는 나에게 다시 반하도록."

"아, 아직 너에게 반한 적도 없거든."

"아마도 시간문제다. 포기하고 나와의 관계를 적극적으로 받아들이거라!"

아인은 놀리는 것처럼, 하지만 쾌활하게 웃고 있었다.

기분을 풀어주기 위한 농담인 걸까. 가슴이 두근거리는 걸 느끼며 유우는 자신이 안도했다는 걸 깨달았다.

지금 오간 대화로 몸과 마음이 퍽 편해졌다.

"기분이 우울할 때는 혼자 있는 걸 피하는 게 좋을 때도 있지."

"그런가 봐. 다음부터는 조심할게……."

진심에서 우러나온 말이었다.

아수라프레임을 처음 장착한 지 보름 가까이 지났다.

그동안 자각하지 못했던 스트레스가 쌓이는 바람에 갑자기 폭발한 걸까? 일종의 패닉 발작을 경험한 유우는 소름이 끼쳤다.

"아수라를 걸치는 게 싫은가? 유우."

"그런 건 아니야. 그걸 장착하면 **사람들**을 지킬 수 있으니까."

대답한 뒤 유우는 자문했다.

지금 한 말은 거짓말이 아닐 것이라고. 그래. 사람들을 지키기 위한 장착과 전투라면 참을 수도 있다. 문제는 아마도——.

"오. 저쪽이 제법 시끌벅적한데."

"그러게. 철망으로 구역을 나눠놨어. 사람도 많이 있고."

나란히 뒷골목에 앉아있었더니 '와아아!' 하는 환호성이 들렸다.

조금 앞에 있는 공터에 사람들이 모여있었다. '철망으로 네모나게 구역을 나누어둔 무언가' 주위에 모여서 흥분하고 있다.

술렁거림. 성원. 열광. 주먹을 치켜들고 응원하는 목소리.

몸도 어느 정도 회복한 유우는 사람들을 향해 다가갔다가——
놀랐다.

"축구 하고 있잖아!"

"오오. 유우가 전에 말했던 스포츠군."

공터에 인공 잔디가 깔린 하프코트를 만들고 철망으로 빙 둘
러놓았다.

한 팀당 11명을 갖추는 정식 축구가 아니라, 7 대 7의 미니 게임.
시합 시간은 전후반 없이 10분간으로 아주 간략화된 경기였다.

선수는 남녀가 섞여 있고 연령층도 제각각이다.

젊은이가 많긴 하지만 30~40대의 참가자도 몇 명 있었다.

그래도 평상복 위에 빨간색의 구별용 조끼를 입은 팀과, 나란
히 파란색 티셔츠를 입은 팀이 진지하게 축구공을 차고 있다.

시합이 하나 끝나면 다음 두 팀으로 교대하여 다시 경기 개시.

그 모습을 지켜보던 유우는 바로 사정을 파악했다.

"길거리 농구처럼 친구끼리나 적당히 사람을 모아 만든 팀으
로 참가하는 거야. 진 팀은 그대로 해산. 이긴 팀은 한동안 쉰
뒤에 도전해온 다음 팀과 시합하니까 오래 즐길 수 있고……."

간단히 말하자면 아마추어가 참가하는 취미 축구인 셈이다.

하지만 움직임이 좋은 선수가 많았다. 운동신경과 신체 능력
이 뛰어나고, 지구력도 남들보다 더 좋은 선수들이 가득하다.

가끔 공을 다루는 게 탁월한, 축구 경험자로 보이는 선수도 있

었다.

그들이 뛰어난 플레이를 선보이면 그때마다 구경꾼이 술렁거리며 환호성을 질렀다. 코트 밖을 잘 보자 명백하게 '내기' 중인 것으로 보이는 사람들도 많았다. 승패가 갈릴 때마다 돈을 주거니 받거니 하면서 바빴다.

유우는 이해했다.

"그렇구나. TV로 프로의 시합을 볼 수 없게 되었으니 스포츠를 좋아하는 사람들이 모여서 노는 걸 다 같이 구경하거나, 돈을 걸거나 하다가 많은 사람이 참가할 수 있는 오락거리가 된 거야……."

"확실히 다들 달아올랐군——오."

아인이 날카롭게 손가락질했다.

지금 치러지는 시합이 일시 중단되었다. 다리에 거친 태클이 들어오는 바람에 다친 선수가 나왔기 때문이다. 게임 복귀는 어려울 것 같았다.

부상자의 팀메이트가 코트 밖을 향해 소리쳤다.

"누군가 다친 사람 대신 들어와 달라고 부탁하는데. 분명 교대할 동료가 이미 없는 거겠지. 마침 잘됐지 않나, 유우."

"어? 잘됐다니, 뭐가?"

그리하여 5분 뒤——.

유우는 검은색 조끼를 입고 애용하는 안경을 경기용 고글로 바꾼 뒤.

인공 잔디 위에 선수로서 서게 되었다. 코트를 에워싼 철망까지 걸어간 아인이 순식간에 교섭을 끝내버렸기 때문이다.

대전 상대는 파란 유니폼을 입은 팀.

다들 체격이 좋은 남자들이다. 유우가 봤을 때 공을 다루는 실력이 좋은 선수가 많았다.

……동료 중 한 명이 유우에게 공을 맡겨주었다.

발의 안쪽 측면을 사용해서 발밑에 두었다. 다만 유우는 시선을 내리지 않고 노룩으로 공을 제어하며, 얼굴은 앞을 보았다.

주위를 슥 둘러본 뒤 순식간에 확인을 마쳤다.

필드 위에 있는 모든 선수의 위치를.

적과 아군, 둘 다 골키퍼 한 명에 필드에 나와 있는 선수가 6명씩. 파란 유니폼 중 한 명이 유우를 향해 맹렬하게 달려왔다.

사냥개처럼 공을 낚아채려 하고 있다.

그걸 인지했을 때는 이미 쉽게 **제쳐낸** 뒤였다.

인사이드 킥으로 걷어찬 공은 부드럽게 허공을 가르고 가장 멀리 있던 아군 앞으로 굴러갔다.

스루패스. 그리고 몇 달 만에 공을 찬 감각.

생각했던 것보다 감이 둔해지지 않았다. 유우는 뭐라 말할 수 없는 감동을 맛보며 공의 행방을 눈으로 쫓았다.

허둥지둥 따라붙은 아군이 슛. 골은 실패했다.

게임 재개. 적의 부주의한 패스에 끼어든 유우가 공을 가로챘다. 원 투 패스를 기대하며 근처에 있는 아군에게 공을 보냈다. 그 공은 돌아오지 않았다.

아무래도 팀메이트와 마음이 잘 안 통한다.

그래도 점점 유우에게 공이 모이기 시작했다. 축구 경험자라는 걸 알아차린 건지도 모른다. 하지만 적의 마크도 심해졌다.

재빠르게 들이닥친 적 중 한 명을—— 깔끔하게 회피했다.

원을 그리듯이 드리블하여 상대 선수를 제쳐냈다. 하지만 이번에는 덩치가 큰 어른이 몸을 부딪치며 빼앗으러 왔다.

그것도 사전에 눈치챘기 때문에 등으로 받아냈다.

유우는 중학생 중에서도 왜소한 편이기 때문에 체격 차에는 어느 정도 익숙하다. 체간을 총동원해서 견디며 패스했다.

패스를 받은 아군은 공을 굴리려다 적에게 빼앗겼다.

공이 순식간에 아군의 골대 앞까지 넘어갔다. 하지만 아군 골키퍼인 젊은 청년이 멋지게 공을 잡고——롱킥을 날렸다.

"부탁해!"

유우의 발치로 공이 날아왔다. 실력이 좋았다.

아군의 골키퍼는 수준이 상당히 뛰어났다. 학창 시절에 축구부에서 많은 연습을 쌓아온 전직 선수거나, 유우와 같은 유스 경험자겠지.

그가 수비의 핵심일 것이다. 그렇다면 자신은 패스를 여기저기 보내면서 플레이 메이킹을 해야겠다——.

수비에 구멍이 뚫리지 않도록 조심하면서 날렵하게 움직인 유우는 공을 받기 쉬운 위치로 이동했다. 프리가 되자마자 패스가 올 정도로 시야가 넓은 아군은 없었지만.

역시 아마추어 축구. 바로 골 앞으로 가려는 선수투성이였다.

그래도 이따금 유우에게도 공이 넘어왔다.

바로 패스. 또 패스. 백패스. 대부분 원터치나 투터치로 끝내며 좌우 또는 후방의 아군에게 공을 맡겼다.

심플하면서도 무난한 플레이를 계속하며——시합 종료 직전.

마지막 순간. 유우는 자신에게 굴러온 공을 드리블하여 앞으로 나아가더니 다소 막무가내로 적진 깊은 곳에 진입해 오른발을 강하게 휘둘렀다.

골키퍼는 반응하지 못했다. 슛이 골대 왼쪽 구석에 꽂혔다.

계속 무난한 플레이로 조력자 노릇을 해왔던 유우가 갑자기 앞으로 나서는 바람에 의표를 찔린 모양이었다.

"축구라는 것에 대해서는 잘 모르겠지만, 유우의 움직임이 각별했다는 건 나도 알 수 있었다! 잘했다, 유우!"

"그건…… 마지막에 운 좋게 슛이 들어간 것뿐이야."

아인의 칭찬에 유우는 쑥스러워했다.

마지막 공이 결승점이 되어 1 대 0으로 승리했다. 철망으로 분리한 하프코트에서는 다음 시합이 시작된 뒤였다.

몸 둘 바를 몰라 하는 유우에게 클론 엘프 소녀는 '훗'하고 웃었다.

"겸손해하지 마라. 나에게는 운이 아니라는 것 정도는 훤히 보였으니."

"그, 그랬어?!"

"**싸울** 때의 이치노세 유우는 늘 총명하니 말이다. 모든 움직임에 의도가 있다는 건 바로 알았지. 지금 시합하는 동안 계속

이렇게 생각한 것 아닌가? '아군 내에 자신과 연계할 수 있을 만한 실력자는 없다. 형세는 불리. 그렇다면 저 공을 **빼돌려** 실점 가능성을 줄이고, 마지막 순간에 홀로 돌입하여 승부에 나서자'라고——."

"…………."

아인은 예전에 스스로를 '전사의 여왕'이라고 말했었다.

그래서인 걸까. 축구에 대해서는 아무것도 모르면서, 확실한 전술적 안목으로 유우의 의도를 제대로 간파해냈다.

같은 필드 위의 아군 중에서 그 사실을 깨달은 사람은 아마 **한 명**뿐일 텐데.

"땀을 많이 흘렸군. 물을 받아오도록 하지."

"으, 응. 고마워——맞다, 아인. 다음엔 같이 하자."

"반가운 권유로군. 확실히 즐거울 것 같다!"

쾌활하게 웃은 아인이 걸어갔다.

그 뒷모습을 바라보며 유우는 당황해하고 있었다. 설마 자신이 여자에게 이런 제안을 하는 날이 올 줄은 몰랐기 때문이다. 하지만 그녀와 **다양한** 행동을 함께 하는 것은 아마 무척 즐거운 시간이 될 것 같다는 생각이 그만 자연스럽게——.

"……너, 꽤 잘하던데!"

갑자기 목소리가 날아왔다.

아군의 골키퍼였던 청년. 20대 후반으로 보였다. 검은 머리카락을 짧게 친 그는 한눈에도 산뜻한 스포츠맨이라는 인상을 주었다.

아군 중 유일하게 유우의 의도를 알아채고 있었을 선수.

골키퍼로서 적의 공격을 막을 때마다 그는 정확한 킥과 스로로 유우에게 공을 넘겨주었다. 게다가 경기가 끝나갈 때쯤엔 '넓게 퍼져'라며 아군에게 지시를 내려서 유우의 플레이 메이킹을 도와주었다.

"또 같이하자. 나는 사쿠마야. 여기에는 자주 와."

"가, 감사합니다. 이치노세입니다."

사쿠마는 유우의 손을 잡고 악수까지 해주었다.

같은 경험자에다. 심지어 연상의 호청년이 인정해주자 유우는 기뻐했다. 하지만 동시에 기시감도 느꼈다. 이 사람을 어딘가에서 본 적이 있는 것 같았다.

"사쿠마 씨는 어디서 축구를 하셨던 건가요?"

"학생 때는 계속 축구부였어. 방위대학과 국방군에 입대한 뒤에도."

"……?!"

혹시 프로 선수였던 게 아닌지 의문이 들어서 질문해보았더니, 너무 뜻밖의 대답이 돌아오는 바람에 유우는 전율했다.

그리고 떠올렸다. 어젯밤 국방해군의 초계함에서 구한 사관. 오늘 아침에는 MRI 검사실에 쳐들어와 나달 이사에게 '장착자 3호는 어디에 있지?!' 라며 캐물었던 사람.

지금은 군복과 군모를 벗고 운동용의 셔츠와 반바지, 레깅스 차림이었다.

그래서 알아보는 게 늦어졌다──.

"아, 이치노세. 괜한 참견일지도 모르지만 일단 말하게 해줘. 너 같은 어린애가 엘프들과 함께 있으면 안 돼. 그 녀석들은—— 망명자의 탈을 쓴 내통자란 혐의가 있어. 지금도 '이세계의 녀석들'에게 정보를 제공하고 있을 가능성도 커. 조심하는 게 좋아."

사쿠마는 몹시 진지한 말투로 걱정하며 말했다.

이쪽으로 돌아오는 아인을 불쾌하다는 듯 힐끗 일별한 뒤였다. 하지만 유우를 향한 말에는 어린 학생을 진심으로 염려하는 마음이 가득했다.

새로운 생활, 하지만

이 세 계 , 습 격

Fantasy has invaded,
Hero come back

1

한때 오사카라 불리던 도시가 있었다.

지금 그 폐허가 가라앉은 바다에 신기루의 성이 떠 있다.

연꽃 모양의 받침대. 그 위에 세워진 수정궁. 전부 실체가 없는 환영이다. 하지만 이세계 파람의 침략이 시작될 때는 실재화(實在化)하여, 지상에 군대를 보내는 전이문《포털》이 된다——.

대마법사《사자자리의 스카르샹스》가 수호하는 마의 성이다.

우아한 미소녀이기도 한 그녀는 용맹한 황금색 갈기를 지닌 수사자의 등에 앉아 문주의 방에서 휴식을 취하고 있었다.

단, 같은 지위에 있는 동료와 대화를 나누면서.

"안녕, 콰르달드. 당신, **그자**에게 손을 댔다면서? 내 성에서 도망친—— 칠흑과 황금의 전사에게."

『소식이 참 빠르군. 뭐, 나도 놓쳐버렸지만 말이야.』

남자다운 미모의 마술사《회오리바람의 콰르달드》가 웃었다.

하지만 본인이 온 것은 아니다. 푸른 로브를 두르고 지팡이를 든—— 그 모습을 재현한 환영이 스카르샹스 앞에 있다.

겉보기엔 진짜와 똑같지만, 약간 투명한 상태였다.

『뭐 어떤가. 나는 아름다운 투사를 보면 눈이 돌아가서 말이지. 알고 있잖아?』

"그래. 하지만 당신이야말로 모르는 거야? 사자자리의 스카르샹스는── 누가 먹이를 가로채는 걸 아주 싫어한다는 사실을."

앳된 미소녀의 외모지만 마녀의 얼굴은 참으로 뻔뻔했다.

눈을 살짝 가늘게 뜨고는 동료의 환영을 응시하고 있다. 그 눈 빛은 얼핏 우아해 보이면서도 분명한 살기를 깃들이고 있었다.

"그자는 내가 **사냥**하겠다고 정했어. 방해하지 말아 줘."

『난처한걸. 나도 그자의 숨통을 내 손으로 끊겠다고 맹세했는 데……. 게다가 애초에, 일본이라는 곳의 서쪽 지역을 정화하는 역할은 우리 두 명에게 공동으로 부과된 일이잖아?』

콰르달드의 환영이 의견을 냈다.

『그 칠흑의 전사를 누가 쓰러뜨린들──《각성왕》의 명령에는 어긋나지 않아.』

"어머. 회오리바람의 문주는 양보라는 걸 모르나 보구나."

눈빛이 조금 더 험악해진 스카르샹스가 미소 지었다.

"먹이를 사냥하기 전에 고집 센 동료의 콧대를 꺾어두는 게 좋으려나?"

『하하하하. 그건 서로 관두도록 하지. 고귀한 《각성왕》이라면 모를까, 곁에서 모시는 동자들이 화낼 거야. 조금 귀찮아지겠지.』

회오리바람의 콰르달드는 오른손을 펼쳤다.

손바닥에 12면체의 작은 물체가 놓여있었다.

각 면에 1부터 12까지 숫자가 적힌 그것은──지구의 인류가 주사위라고 부르는 물품과 같은 용도의 장난감이었다.

『말다툼은 그만두고, 숙세(宿世)의 수를 겨뤄보지.』

"그래. 나와 당신, 지금 그자와 대결하기에 걸맞은 운명을 지

닌 이는 어느 쪽인지——수로 비교하면 바로 명확해질 거야."

선택받은 달바의 종족. 휴먼의 표현으로는 대마법사들.

초상적 존재인 그들에게 주사위를 던진다는 행위는 도박이 아니다. 그것은 자신의 운수를 가늠하는 의식이었다.

더 걸맞은 운명, 뛰어난 운을 지닌 자의 숫자는 자연스레 크게 나온다——.

스카르샹스도 가녀린 손을 들어 12면체의 주사위를 쥐었다.

두 사람이 동시에 던졌다. 살짝 투명한 환영 장난감과 진짜 장난감이 바닥을 굴렀고, 그 결과는 각각 '8'과 '9'——.

"후후후후. 더 걸맞은 이는 나였나 보네."

『아주 적은 차이였지만 말이야! 어쩔 수 없지. 이번에는 네게 양보할게. 대신 나는 더 서쪽, 이 열도의 끝까지 마성을 진출시켜둘까…….』

사자 위에 앉은 소녀가 승리의 미소를 지었고, 파란 로브를 두른 청년은 아쉬워하며 말했다.

참으로 불가사의한 대화. 하지만 이세계 파람의 대마법사들에게는 이것이야말로 군사 회의였다.

그리고 다른 장소에서도 불가사의한 대화가 이뤄지고 있었다.

옵서버, 즉 '전문가로서의 의견을 제시'하기 위해 출석한 시바 쥬로타가 이 자리가 불편하다는 듯 몸을 웅크리고 있었다.

그의 눈앞에는 회의용 원탁이 있다.

그곳에 있는 사람들은 전부 망명 엘프 현자들.

아름다운 데다 천재적인 두뇌를 지녔으며, 세간과 동떨어진 기인 집단이다.

"자. 드디어 우리 곁으로 탕아 중 한 명이 귀환했어."

"폭풍의 왕 루드라……. 원형기인 0호, 테스트기인 1호, 2호를 거쳐 마침내 완성한 실전기 3호 프레임. 우리의 비원을 맡긴 갑주지."

"아아, 다들! 루드라를 찬양하는 시가 떠올랐어. 부디 읽어줘!"

"……무척 절절하고 마음에 스며들어. 근사한 완성도야!"

"근사하다고 하니 말인데, 새 장착자도 근사해. 아수라프레임과 잘 동조한 것뿐만 아니라 옛 왕가의 핏줄까지 깨워주었지."

"말 그대로 선택받은 자야. 피안의 도달자."

"육대(六大)는 무애(無碍)하여 늘 유가(瑜伽)일지니——."

"삼밀(三密)이 뒤얽히면 속질(速疾)로 나타나리다……. 음, 말그대로 숙세와 우주의 현묘함이여!"

원탁에 앉은 현자들이 일제히 '하하하하!' 하며 유쾌하다는 듯웃음을 터트렸다.

뒤에서 듣고 있던 시바—— 평범한 휴먼은 무슨 소리인지 알수 없었다.

의미심장한 우회적 표현은 그렇다고 치자. 이들은 때때로 TPO를 무시하며 산문시를 쓰고, 몹시 난해한 구절을 중얼중얼 읊으며 자신들만의 세계에 빠져들곤 한다.

이것이 망명 엘프의 '평범함'이라고 하지만.

'이런 곳에 지극히 평범하기 짝이 없는 지구인을 부르지 말라고.'

시바는 마음속으로 그렇게 투덜거렸다.

역시 이세계에서 온 천재 집단. 도저히 어울려주지 못하겠다.

하지만 시바에겐 졸면서 시간만 때우는 행위는 허락되지 않았다.

"그래서 말인데, 시바."

참석자 중 한 명인 나달 이사가 갑자기 말을 걸었다.

"국방군의 패잔병——어이쿠, 실례. 용맹하고 과감하게 일본을 방위하겠노라 결의해놓고도 적의 본토 상륙을 쉽사리 허락해버린 데다 상황에 휘둘려 유효한 반격 작전 하나 제대로 실행하지 못한 채 와해된 국방군의 잔존병력은 어떻게 지내고 있지?"

"네, 넵, 그게 말이죠……."

실례라고 사과해놓고 비아냥을 한층 더 늘어놓는 괴짜 이사.

나달 직속 무관이 된 시바는 원래 국방육군의 준위다. 군조직의 붕괴 후 수상조계 '나유타'에 피난해 왔다. 진짜 이력을 숨기고.

하지만 넉 달 전, 시바의 비밀을 알자마자 나달이 말했다.

『흐음. 국방육군에서는 정보부에 소속. 군용 드론 조작을 3년 정도 담당……. 자네. 수상한 술집에서 허드렛일을 하며 갈매기 고기나 다듬을 바에야, 내 밑에서 경험과 견식을 살리도록.』

이렇게 그는 수상조계를 방위하는 시민군의 '전술 고문'이 되었다.

올해로 32살이 되는 시바는 노트북을 조작했다. 엘프 현자들이 둘러앉은 원탁 위 허공에 여러 개의 영상 창이 투영되었다.

"첩보용 드로이드를 이용한 정보수집에 따르면, 그들은 가까운 시일에 수상조계의 주요시설과 통치권을 장악할 생각인 모양입니다. 자세한 것은 이쪽 데이터를 참조해주세요."

시바의 노트북 옆에는 곤충을 모방한 기기가 있었다.

파리, 무당벌레, 명주잠자리 등의 형상을 정교하게 복제한 것이다.

그리고──허공에 투영된 창 안에는 군복을 입은 국방군의 잔당이 넓은 회의실에 모여 한창 밀담을 나누는 중이었다.

대화하는 내용은 음성 데이터로서 참조 가능. 텍스트로 옮겨놓는 작업도 끝내놓았다.

한바탕 확인한 뒤 나달 이사가 고개를 끄덕였다.

"……그들은 무력행사도 시야에 넣고 있는 건가. 역시나."

"나달 님이 예측한 시기에 예측한 행동으로 나왔군."

"그래."

동료의 코멘트에 나달이 고개를 주억거렸다.

"본토에서 피난해 온 정치가 및 관료 제군이 우리 조계에서도 권력자인 양 행세하기 위해 쓸데없이 시끄럽게 굴었으니. 그쪽을 억제하기 위해 일부러 국방군…… 패잔병들이라고 해도 무력을 지닌 자──무력조직 제군을 우대하며 키워두었지. 덕분에 시끄러운 방해꾼이 3분의 1 이하로 줄었다."

괴짜 이사는 마치 수식이라도 설명하는 것처럼 무뚝뚝한 얼굴을 유지한 채 말했다.

망명 엘프 현자들이 모인 이사실에서 나달 라프탈은 '모략 담당' 역할이라고 한다.

시바는 그가 얼마나 비상식적인지 알고 있다. 그래서 처음에는 기가 막혔다.

'이런 사람을 책략가로 대우하다니, 엘프 선생님들도 참 유별나군……'

하지만 최근 몇 달, 조계 행정부의 방침에 일일이 개입하는 '본토에서 온 피난팀'을 나달이 능글맞은 태도로 대해나가자, 점점 전직 의원·대신·엘리트 관료들의 무례한 목소리가 줄어들었다.

엘프족만이 아니라 같은 처지의 군인들을 의식했기 때문이다.

결국 그들은 평시의 권력자. 비상시에도 병사·병기라는 무력을 보유한 조직을 억제한다는 건──어지간히 정치질에 뛰어나거나, 카리스마가 넘치는 지도자가 아니고서는 불가능하다.

그리고 나달은 관료 측과 군인 측을 분단시키기 위해 때때로 국방군 잔당의 상층부나 유능한 젊은 사관의 자존심을 채워주도록 우대해왔다. 예를 들어 가솔린을 비롯한 화석연료의 우선 제공 등의 형태로…….

시바는 내심 생각했다.

'심지어 군대의 잔당 중에서도 나이가 있는 장교나 장관은 시민군의 명예직과 초호화 게스트 하우스의 거주권을 먹이로 낚아서 길들여버렸단 말이지……. 거의 연료도 없는 이지스함에 남은 국방관은 젊은 녀석들뿐. 그야 폭주하기 쉬워질 만도 해──.'

시바도 전직 국방관이다. 하지만 옛 직장에 애착은 거의 없다.

괴짜 이사의 손바닥 위에서 놀아나는 청년 사관과 혈기 왕성한 병사들을 아주 조금 안쓰럽게 여기며 현재의 직무에 다시 집중했다.

우수에 찬 미모를 지닌 이사가 발언한 참이었다.

"군부의 폭발에 대비해 우리도 전투용 드로이드에 의한 경비 태세와——반격 준비를 조속히 갖춰야만 하겠군."

"아니면 우리의 **탕아**가 개입하도록 하거나……."

화사한 분위기의 미청년 엘프가 부드럽게 덧붙였다.

라그 엘 라팡 이사. 허리까지 내려가는 애쉬블론드의 머리카락마저 수려한 그는 이사회 중에서도 한층 더 눈에 띄는 인물이었다.

"하지만 그리 몸 상태가 좋지 않다는 얘기를 들었는데. ……대승정. 루드라를 탄생시킨 석학 중 한 명인 당신에게 묻겠다. 실제로 그는 어떤 상태지?"

"만전…… 이라고 하기는 어려운 상황이야."

가련한 엘프 미소녀, 아자린 대승정이 아쉽다는 듯 대답했다.

"우리의 치료를 받아 기계 부분과 생체 부분은 완전히 회복했어. 하지만 루드라의 컨디션은 좀처럼 돌아오지 않아. 이미 2대 장착자의 육체에 돌려놓았지만——장착 성공률은 3할 미만이야."

"신기하군. 그토록 하늘의 아수라와 적합한 장착자인데."

라그 엘 이사가 의아해하며 중얼거렸다.

하지만 아자린은 잠시 생각에 잠긴 뒤 작게 중얼거렸다.

"기계와 생체의 하이브리드인 아수라프레임은……. 살아있는 마신이기 때문에 장착자와 강하게 동조하지. 문제는 루드라가 아니라, **그 아이**인 건지도——."

2

"오오! 이 녀석들 조작하는 거 꽤 재미있는데!"

낙천적으로 떠드는 이쥬인. 하지만 지금은 **근무 중**이었다.

수상조계 '나유타'의 센트럴 타워. 25층에 있는 '자율구동식 드로이드 연구소'의 테스트룸.

넓은 실내에는 햇살이 잘 들어왔고 거의 아무것도 놓여있지 않았다.

바닥에 책상다리로 앉은 '상사' 시바가 가져온 노트북 두 대와 태블릿 단말. 여기에 드로이드──차세대형 드론뿐.

지금은 극소형 드로이드들이 비행 중이었다.

파리, 무당벌레, 명주잠자리의 금속 모형. 각각 세 개체씩 있는데, 전부 소리 없이 날아다니고 있다.

그것도──이쥬인이 명령하는 대로.

이쥬인은 그것들을 공중에서 오른쪽으로, 왼쪽으로 오가게 했다. 반복이나 가속도도 자유자재. 즐겁다.

"공중촬영용 드론을 날리는 것보다 간단해서 좋아요!"

이쥬인이 흥분하며 말했다.

오른손에는 고리 모양의 빛, 나노 머신 활성화의 빛이 나타나 있다.

한편 '시민군 전임 무관'이라는 직함을 지닌 시바 쥬로타는 이리 저리 날아다니는 극소형 드로이드들을 빤히 바라보며 감탄했다.

"역시 나노 머신 이식자……. 복수의 개체를 한꺼번에 제어할 수 있구나. 지금 움직이고 있는 게 8개? 9개?"

"앞으로 두 자릿수 정도 늘어나도 완전 괜찮을 것 같은데요."

"정말?! 그럼 다음에 테스트해보자. 그리고 중형, 대형 드로이드도 다뤄봐 주면 대단히 고맙겠는데……."

시바가 노트북의 터치패널 위에서 손가락을 움직였다.

그러자 테스트룸의 하얀 벽이——옆으로 미끄러졌다.

안쪽은 격납 공간인 건지, 직립해 있는 사람 모양의 드로이드와 네 다리가 달린 개 모양의 드로이드가 대기하고 있었다.

이전에 센트럴 타워 주위의 농경지 에어리어에서 봤던 타입이었다.

이쥬인은 그 두 대를 향해 오른손을 뻗었다. 링크 완료. 철컥, 철컥. 작은 구동음을 내면서 인간형과 강아지형 드로이드가 나란히 다가왔다.

이쪽으로 오라고 생각만 했는데도 이런 반응이다. 이쥬인은 안도했다.

"그러고 보면 저는 3호 프레임의 확장 드로이드도 원격으로 조작했어요."

"좋은데! 실은 수상조계에는 수많은 드로이드가 각자 주어진 명령대로 자율행동을 하고 있거든. 하지만 때때로 인간의 손으로 유연하게 조작해야만 할 때도 있는데……."

시바가 절절히 중얼거렸다.

"구세대형 드론을 다룰 수 있다는 이유로 내가 오퍼레이터를 담당하고 있는데, 옛날부터 쓰던 컴퓨터를 경유하는 방식으로는 한계가 있어. 나노 머신 이식자를 배치해줘야 한다고 난처해하던 참이야."

"아. 10대일 때 하지 않으면 나노를 이식해도 정착하지 않는다고 했던가요."

"그래. 심지어 적성이 있는 아이는 별로 없으니까. 그런데 무인 드로이드 부대의 대장 같은 걸 맡기고 말이야……."

"하지만 시바 씨. 그런 말씀을 하시면서도——."

상사의 투덜거림에 이쥬인은 고개를 갸웃거렸다.

시바의 노트북에는 바로 옆에 무선 컨트롤러가 달려있다. 게임기에서 쓰는 것보다도 한층 크고 스위치도 많다.

조금 전 시바는 이걸 사용해서 드로이드 조작을 시범해 보였다.

"곤충 사이즈인 **이 녀석들**을 깔끔하게 움직이셨잖아요? 항구에 있는 국방해군의 배에 잠입시켜서 온갖 정보를 수집해오고. 실력 좋으시잖아요."

"아니 뭐. 신경을 갉아 먹는단 말이지, 이거."

파리, 무당벌레, 명주잠자리 모양의 극소형 드로이드.

태양전지와 나노 모터를 탑재하여 이렇게 작은 사이즈임에도 자유자재로 하늘을 날아다닐 수 있다. 고차원 나노 테크놀로지의 성과 중 하나다. 이쥬인은 그 내장 카메라와 마이크가 모아온 데이터를 태블릿 단말로 재생시켰다.

밀실에서 오가는 대화의 영상과 음성이 흘러나왔다.

『타워를 경비하는 드로이드의 이동 경로는…….』

『그 녀석들, 엘프들의 전력은…….』

『결행 시기는 역시…….』

무선조종으로 드로이드를 실내에 들여보내 수록해온 것.

극비사항일 음성 데이터. 이쥬인은 난처해하며 말했다.

"이런 걸 저 같은 중학생이 들어도 되는 거예요?"

"뭐가 문제겠어. 너희들은 아수라프레임과 장착자 3호의 관계자잖아. 심지어 나노머신 이식자라는 초 유망주. 게다가──아이라거나 학생이라거나, 그런 건 이제 신경써봤자 우스울 뿐이야. **이런 시대**가 되어버렸으니."

마지막 한마디에 유독 실감이 담겨 있었다.

시바는 전직 군인이면서도 거들먹거리는 부분이 전혀 없다.

이쥬인이 아는 국방관들과는 천지 차이다. 든든함은 없지만, 친근감이 느껴졌다. 또 가끔 '역시 프로야!' 하고 감탄하게 만드는 식견을 입에 담을 때도 있었다.

"네 친구──이치노세. 그 아이의 적합 데이터를 봤는데, 대단해. 선대 3호를 수치로 전부 능가하고 있어. 그 정도라면 카탈로그 스펙대로 '5만 대의 드로이드 부대'를 구축하여 대군단을 이끄는 것도 꿈이 아니야."

"그거 인터넷이나 피규어 해설에서 봤던 거예요!"

이쥬인이 뜨겁게 외쳤다.

"3호 프레임 직속 친위대 말이죠?!"

"응. 3호가 다룰 수 있는 가변 나노 입자를 총동원할 수 있다면 말이야. 미즈키 씨──이전 장착자는 그렇게 할 수 있을 만큼 적합 레벨이 높지 않았지만."

"그럼 과대광고예요?!"

이쥬인이 반사적으로 소리쳤다.

시바는 '하하하' 하고 메마른 웃음을 흘린 뒤 작게 중얼거렸다.

"……정답. 실제로 3호 프레임의 프로모션에는 대형 광고 대리점도 아주아주 깊이 관여하고 있었거든……. 그 사람들은 그럴싸한 정보만 뽑아내서 장착자 3호를 슈퍼맨처럼 선전했으니까."

"그러고 보면 공식 서포터 송 같은 것도 팔았었죠……."

축구 일본 대표의 팬으로도 알려진 유명한 아티스트.

월드컵에도 출장한 선수들과 친분이 있는 그룹이 '자신답게', '네 등을 받쳐줄게' 등 은유적인 가사를 쓴 응원가를 불렀었다.

시바는 지친 표정으로 웃으며 덧붙였다.

"그리고 기지에서 '장착자 3호'를 보조하는 오퍼레이터 팀도 그 수준에 도달하지 못했어. 5만 대의 친위부대는 그림의 떡이었다는 소리야."

"오퍼레이터?"

"3호 프레임은 하늘의 왕이잖아. 즉 공중전 드로이드 부대를 지휘하는 장군이거든. ……장군에게는 참모와 부관도 필요한 법이야."

비화가 섞인 잡담으로 달아올라 있을 때.

나노 머신 고리가 떠 있던 이쥬인의 오른손에서 경쾌한 착신음과 함께 빛의 입자가 하나 흘러나왔다.

허공에 떠서 반짝반짝 빛나며 대기 중인 입자——.

시바가 고개를 끄덕여 허락하자 이쥬인은 개봉하는 상상을 했다.

입자는 허공에 투영된 메시지창이 되어 둥글둥글한 폰트의 글자를 띄워주었다.

『아리야는 슬슬 거리로 나갈 건데, 선배는 어떻게 하실래요?』

"아직 일하는 중이야. 너도 이사님의 비서잖아? 괜찮은 거야?"

후배가 보낸 정보연결에 이쥬인은 육성으로 대답했다.

입에 담은 말은 텍스트 메시지가 되어 아리야에게 전달된다. 센트럴 타워 안에서는 통신 애플리케이션처럼 이렇게 주고받을 수도 있는 것이다.

답장은 바로 날아왔다.

『나달 외삼촌은 생각할 게 있다면서 블록 장난감을 만들고 계세요. 아리야가 옆에 있을 의미는 없다고 해서 오늘은 비서 일도 쉬게 되었죠.』

"레고로 만드는 메카고질라……. 이런 건 어디에 있었던 거야!"

첨부된 이미지를 본 이쥬인은 신음했다. 시바가 쓴웃음을 지었다.

"나달 이사님의 개인실은 '대후퇴' 전부터 이런 종류의 컬렉션으로 가득했다는 모양이야. 그리고 바다에 가라앉은 마을에서 잡화나 희귀한 물건을 회수해오는 트레져헌터 같은 사람들도 있거든."

"우와! 재미있어 보여요!"

"그런데 이사님의 조카분은 타워의 거주 에어리어에서 사는 거야?"

"네. 외곽 블록의 '마을'은 엘프에게는 **위험**하니까요. 출퇴근하는 저나 시바 씨가 부러운가 봐요."

시민군 전임 무관의 보조로 들어간 이쥬인.

아리야는 외삼촌인 나달 이사의 전속 비서가 되었다.

"**그 아이**가 혼자서 외곽 지역에 간다고……? 괜찮아?"

"어……. 그러고 보면 아인 님과 이치노세는 원정 중이었죠. 일단 나츠키 선배에게 연락해둘게요."

걱정하는 시바에게 이쥬인은 그렇게 대답했다.

전동 스쿠터를 탄 아리야는 바닷가에 난 길을 달렸다.

수상조계의 센트럴 타워에서 20분에 걸쳐 외곽 블록으로 나왔다.

왕복하는 시간을 들여서라도 '바깥'으로 나올 필요가 있었기 때문이다. 줄곧 애용해온 교복에 헬멧을 쓰고 시속 60km로 질주 중이다.

아리야는 엔진 소리에 질세라 큰 목소리로 다짐했다.

"아침도 점심도 타워에서 먹었으니 간식과 저녁은 반드시 동물성 단백질을 섭취해야겠어요……!"

시바와 이쥬인은 아침마다 바깥의 있는 하숙집에서 출근한다.

반면 아리야는 센트럴 타워 내에서 거주한다. 성가신 외삼촌 나달과는 다른 방에서 살게 되었고, 독특한 계율에도 상당히 익숙해졌다.

하지만, 그래도 하루에 한 번은 '바깥'에서 마음 편하게 쉬고 싶다——.

그런고로 해가 높이 떠 있을 때부터 애차인 전동 스쿠터를 타고 나온 것이었다.

"사실은 이쪽에서 살고 싶은데 다들 말렸으니까요……."

스쿠터를 타고 바닷바람을 가르며 이동해 마침내 도착한 번화가.

아리야는 공공 주차장인 공터에 스쿠터를 세운 뒤 걷기 시작했다. 목적지는 포장마차가 모여있는 푸드 마켓이다.

가건물이나 컨테이너 건물밖에 없지만, 그럭저럭 사람이 모여서 떠들썩했다.

쾌활한 지방 도시 같은 활기가 느껴졌다.

다만——아리야는 눈썹을 찌푸렸다.

"저런 걸 눈치도 안 보고 당당히 내걸다니, 신경이 얼마나 튼튼한 걸까요?"

마침 지나가던 길에 있던 잡화점 앞.

생활용품을 쌓아놓은 곳과는 별도로, 눈에 띄는 장소에 DVD와 블루레이 디스크가 진열되어 있었다. 검은색 케이스에 들어 있어 내용물은 알 수 없었다.

다만, 옆에 손으로 직접 쓴 간판과 포스터가 보였다.

『18세 미만 사절』, 『대인기 엘프물』, 『잘 나갑니다!』

포스터의 모델은 거의 전라의 인간 여성. 동안이지만 몸매는 좋았다. 노골적으로 성인물이라는 티를 내는 작품명과 예명도 적혀있었다.

참고로 광고 멘트에 쓴 대로 **엘프물**이었다.

예쁘장한 배우가 코스프레용의 길쭉한 귀를 착용해 엘프의 모습을 흉내 내고 있었다. 세심하게 블론드 가발까지 뒤집어썼다.

……'대후퇴' 전에 제작된 AV를 불법 복제한 모양이었다.

원본은 동영상 데이터인지, 혹은 본토 내지 바다 밑에 잠긴 도시에서 가져온 디스크인 건지는 불확실하다.

하지만 그 장삿속과 이런 작품을 갈망하는 남자의 천성이 엿보였다.

그러니 존재하는 것 자체는 전혀 상관없었다.

하지만 사람들이 오가는 길 한복판——그것도 망명 엘프가 만들고 공존하고 있는 거리에 당당히 진열하는 뻔뻔함에는 기가 막혔다.

특히 아리야는 사춘기 소녀인 데다 엘프의 피까지 이어받았다.

자기 자신에게도 음흉한 시선을 보내는 것 같다는 느낌에 오한이 들었다. 그래도 마음을 다잡고 다시 걸어가려 했을 때.

찰칵. 틀림없는 셔터 소리였다.

"어?"

아리야는 당황하며 뒤를 돌아보았다.

주위를 두리번두리번 둘러보았다. 길을 걷는 사람은 열 명도 넘었고 성별·나이도 제각각. 아무도 카메라 같은 도구는 들고 있지 않았다.

도촬당한 건가? 소름이 돋는 것을 느끼며 그 자리에서 벗어났다.

하지만 주위의 시선—— 특히 남자들의 시선이 신경 쓰였다. 난감하게도 착각이나 자의식 과잉이 아니라, 어떤 음료 가게에 모여 있던 청년 중 한 명이 명백하게 아리야를 손가락질하며 동료들과 무언가 이야기를 하고 있었다.

"쟤 완전 귀엽지 않냐?"

"너 로리콘이었냐? 어린애잖아."

"멍청하긴! 귀가 길잖아. 아마 엘프라고! 나 말 걸고 올게."

"친척 언니도 데려오라고 해서 미팅하자고, 미팅!"

"인간과 수명이 다르잖아? 쟤도 사실은 연상일지도 몰라! 하프를 낳으면 너희들 축의금 줘야 한다?"

젊은 남자들의 적나라한 대화가 들렸다.

다들 상당히 취한 모양이었다. 아리야는 몹시 당황했다.

"빠, 빨리 가게에 가야——."

찰칵. 또 셔터 소리. 아리야의 심장이 움츠러들었다.

더는 싫다며 울고 싶어졌을 때. 아는 사람의 목소리가 쾌활하면서도 담백하게 사과하는 것이 똑똑히 들렸다.

"앗——미안해! 앞을 안 보고 있었걸랑."

요란한 차림새의 전직 여고생, 하타노 나츠키.

모란 무늬의 후리소데를 코트처럼 걸친 그녀는 수세미처럼 야윈 30살 전후의 청년과 부딪쳐서 상대방을 날려버린 참이었다.

땅바닥에 엉덩방아를 찧은 남자가 허둥지둥 손을 뻗었다.

그 끝에 작은 디지털카메라가 떨어져 있었다. 하지만 그보다 나츠키가 먼저 카메라를 잡고는 씩 웃었다.

"이건 내가 회수해도 불만 없지?"

"…………젠장."

짧게 욕설을 뱉으며 나츠키가 등에 멘 일본도를 노려본 뒤.

야윈 남자는 도망치듯이 물러났다.

"어, 어느새 치마 속을 도촬하다니——."

아리야는 경악하며 중얼거렸다.

조금 전의 수상한 남자에게서 몰수한 소형 디지털카메라.

혹시 몰라 나노 머신으로 해킹해서 비밀번호를 해제한 뒤 사진 데이터를 확인해보았더니 터무니없는 게 찍혀있었다.

나츠키가 여느 때와 같은 가벼운 말투로 경고했다.

"아리야도 조심해야 돼. 외곽 블록에 출몰하는 하프 엘프 미소녀라면서 소문이 쫙 퍼졌거든."

"소, 소문이요?!"

"있지. 조계에서 사는 사람은 대부분 엘프 선생님들에게 고마워하며 예의 바르게 대하고 있긴 할 거야. ……남들 앞에선. 하지만 선생님들은 초특급 미남미녀잖아. 번뇌로 가득한 지구인 놈들은 남자고 여자고 **열광**하게 되는 것 같아."

"열광, 이라고요……."

"그래. 귀여운 수준이라면 사생질이나 팬클럽 창설. 죄를 저지르지 않는 범위 안이라면 엘프를 소재로 한 에로 동영상 공유, 코스프레 풍속점. 확실한 범죄 라인이라면 스토킹에 도촬,

사진 밀매……. 특히 아리야는 정기적으로 마을에 나오는 엘프 미소녀라며 변태 같은 취미를 가진 놈들에게는 절호의 표적인 것 같더라──."

"아, 아리야도 그렇다면!"

터무니없는 사실을 안 아리야가 소리쳤다.

"이쪽에서 사는 아인 씨는 더 큰 일이지 않나요?!"

"확실히 그 사람을 묘한 눈으로 훔쳐보는 남자들이 많긴 해. 가끔 여자 중에서도 그런 사람이 있구. 하지만 아인 씨는 몇 번이나 시민군의 **크리처 사냥**에 참가한 덕에 총을 아주 잘 다룬다는 것도 알려져 있으니까."

망명 엘프 현자는 기본적으로 센트럴 타워에 거주한다.

외곽 블록에 나올 기회는 적다. 하지만 같은 엘프이면서도 아인만은 이치노세 유우와 함께 있는 걸 선택해 외곽 블록에서 살고 있다.

나츠키는 태연한 얼굴로 설명했다.

"직접 파렴치한 짓을 저지르려는 녀석은 거의 없어. 언제였더라. 나이프를 든 주정뱅이가 치근덕거렸을 때도 그 투박한 부츠로 상대방의 무기는 물론이고 턱도 걷어차서 KO시킨 게 무용담으로 퍼져있고."

"여, 역시 엘프 나라의 여왕님이시네요……."

감명을 받은 아리야는 현재 푸드 마켓의 어떤 포장마차에 있다.

나츠키와 그 친구들이 운영하는 가게다. 멤버에는 마이즈루 이후에 동료가 된 이치노세 유우와 아인도 포함되어 있다.

낮에는 포장마차로 돈을 벌고, 밤에는 트레일러 하우스에서 공동생활.

그런 패턴의 생활이 시작된 지 벌써 보름 정도 지났다.

그리고 포장마차에서 다루는 음식은——.

"자, 다 구웠어. 식기 적에 먹어."

"기다렸습니다! 이 소스가 너무 절묘해서요. 가끔 꿈에 나온다니까요. 유우 선배가 간을 맞추는 담당이죠?"

아리야는 나츠키가 내민 꼬치를 환희하며 받았다.

꼬치에 꿰인 새고기는 닭이 아니다. 하지만 바닷새도 아니다. 일부러 원정까지 가서 입수해오는, '맛이 좋은 야생 새고기'였다.

이번에는——흰뺨검둥오리.

푹 삶거나 국물 요리에 쓰는 거라면 청둥오리나 청둥오리와 집오리의 잡종이 더 맛있다고 한다.

하지만 큼직하게 자른 넓적다리살을 특제 소스에 푹 적셔서 숯불에 구우면 흰뺨검둥오리도 아주아주 맛있었다.

"매일 위를 만족시켜주기 위해서라도 유우 선배를 아리야의 매력으로 포획해두는 계획은 '긍정적'으로 봐야 할지도 모르겠어요."

아리야는 고기를 한입 베어 물고 우물우물 씹으면서 중얼거렸다.

"아리야에게는 도촬을 당할 정도로 아이돌미가 있는 셈이잖아요. 마음만 먹는다면 상당히 승산이 있을 것 같은데……."

"오호라? 하지만 유우 군은 오늘도 아인 씨가 찰싹 달라붙어서 밀착 경호 중이야.”

“두 사람은 오늘 **원정**에 나갔나요?”

“그래. 덕분에 우리 장사는 아주 성황이지. 점심때면 매번 줄이 생길 정도로 빠르게 인기 가게의 반열에 들어간다니까. 정말 큰 도움을 받고 있어!”

환하게 웃으면서 기뻐한 뒤——나츠키는 작은 목소리로 덧붙였다.

“문제는 그 두 사람이 오늘도 바로 돌아올 수 있냐는 거란 말이야.”

3

“돌아가는 길엔 배웅 필요 없지? 늘 그랬듯이.”

“아, 네. 저희끼리 어떻게든 가겠습니다.”

유우는 우락부락한 러시아인 남성, 알렉세이 보로노프에게 대답했다.

그도 난민으로서 수상조계에 왔다고 한다. 지금은 조계 행정부에서 운항하는 ‘수송선’의 선장을 맡고 있다.

바다 위에 홀로 떠 있는 수상조계 ‘나유타’에게 배의 중요도는 몹시 높다.

평야 지역이 수몰된 열도 본토에서의 자재 회수.

그리고 무엇보다 해외——한국, 중국, 타이완 등 이세계의 습격에도 아슬아슬하게 버티고 있는 이웃 나라와의 교역과 지원

붙자 거래.

수송선의 역할은 얼마든지 넘쳐났다.

……그리고 선장인 보로노프는 험상궂게 생긴 외모도 그렇고 탄탄한 몸매도 그렇고 '전직 마피아나 군인'이라는 인상이다. 시민군의 멤버이기도 하며 '크리처 사냥' 때는 무시무시하게 능숙한 솜씨로 총과 나이프를 다뤘다.

전우이기도 한 용맹한 러시아인에게 아인이 미소를 지었다.

"늘 미안하군. 조계에 돌아가면 가게에 와라. 보답하겠다!"

"신세 지는 건 서로 마찬가지잖아. 상호 협력 관계로 가자고."

모래사장에 내려놓은 노가 딸린 보트.

앞바다에 정박해둔 수송선에서 유우와 아인을 섬──와카야마 만에 더 있는 무인도의 해변까지 데려다준 것이다. 그 작은 배를 보로노프가 혼자 손쉽게 바다에 돌려놓고 익숙하다는 듯 노를 저어 자신의 배로 돌아갔다.

원래는 무역 업무를 했었다는 이유로 현지인만큼 일본어를 구사하는 러시아인.

그의 듬직한 등을 유우와 아인 둘이서 배웅했다.

"바로 시작하자, 유우."

"알았어. 아──약속 기억해? 오늘은 나한테도 그거 하게 해줘."

"당연하지. 당신의 솜씨를 기대하겠다!"

이렇게 사냥이 시작되었다.

타아앙!

강렬한 총성이 울려 퍼진다.

아인은 여느 때의 89식 소총이 아니라 수렵용 라이플을 쓰고 있었다.

자연이 풍부한 무인도의 삼림에 들어가 사냥. 제2차 세계대전 무렵까지는 요새 섬으로 쓰였고, 전후엔 관광지로 개발된 작은 섬이었다.

최근엔 사람도 살지 않게 되어 새와 짐승들의 영토가 되어있었다.

지금도 아인은 야생 토끼를 잡은 참이었다.

사냥감을 회수하는 건 유우의 역할이다. 작은 동물의 몸은 아직 따뜻했다. 하지만 총알이 목을 뚫고 지나가 이미 숨이 끊어진 뒤였다.

……아인은 아무렇게나 마구 쏘아대지 않는다.

자연 속을 천천히 산책하면서 살아있는 것을 느긋하게 수색한다.

발견한 뒤에도 조급해하지 않고 여유로운 동작으로 라이플을 겨눈 뒤 가볍게 방아쇠를 당긴다. 아무리 그래도 백발백중까진 아니다. 하지만 명중률은 아마도 8할 이상——.

토끼, 직박구리, 멧비둘기 등 너무 순조로울 정도로 사냥감을 잡아갔다.

"이번에도 가게에서 쓸 재료를 다양하게 확보할 수 있을 것 같네."

"하지만 슬슬 큰 놈을 잡고 싶기도 한데…… 봐라, 유우."

아인의 시선 끝에 귀여운 생물이 있었다.

잡목림 사이로 걸어가는 새끼 사슴이었다. 둥근 눈동자에는 아직 경계심이 적다. 유우와 아인이 멀리서 보일 텐데도 도망치려고 하지 않았다.

바로 라이플을 겨누는 아인.

유우는 동정심을 누르며 지켜보았다.

타아앙! 총성이 울린 뒤, 두 사람은 쓰러진 새끼사슴 곁으로 다가갔다. 탄환은 심장 근처를 뚫었으나 아직 가까스로 살아있었다.

전신을 꿈틀꿈틀 경련시키는 새끼사슴을 내려다보며 아인이 말했다.

"편하게 해줘. 할 수 있지?"

"으, 응."

사실 아인만이 아니라 유우도 같은 라이플을 갖고 있었다. 그 총구를 새끼사슴의 머리에 향한 뒤 방아쇠에 건 손끝에 천천히, 하지만 확실하게 힘을 실어──.

유우가 쏜 총알이 새끼사슴의 숨통을 끊었다.

새끼사슴에 이어 다 큰 사슴도 네 마리 잡은 뒤.

맑은 시냇물 근처에 자리를 잡은 유우와 아인은 조금 전까지 살아있던 짐승들의 '피 제거와 내장 제거' 작업을 시작했다.

두 사람은 꼼꼼히 소독한 나이프를 들고 있다.

목과 경동맥을 잘라 피를 뺀다. 배를 세로로 갈라서 내장을 꺼내다. 차분한 작업이었다.

평소에는 아인이 척척 손을 움직이고 유우는 뒤에서 대기하는 조수 역할이지만——.

"네발짐승은 바로 피와 장기를 빼지 않으면 비린내가 난다. 맛도 떨어지지. 새도 몸통에 상처가 난 녀석은 해두는 게 나아."

"아, 알았어."

오늘은 유우가 나이프를 사용해 동물들의 피와 장기를 제거 했다.

아인은 뒤에서 확인하며 때때로 조언을 주거나 더 뛰어난 방법을 시연해주는 등 선생 역할에 임하고 있다.

사냥할 때는 늘 아인의 조수였다.

하지만 오늘은 무인도 원정 전에 유우 쪽에서 지원했다. '더 많은 걸 가르쳐줘. 해체해서 다듬는 방법 같은 것도……' 라고.

생명을 빼앗고 그 피와 살을 식량으로 삼는 것의 무게를 실감 하고 싶었기 때문이다.

"역시 유우는 손재주가 있군. 움직임이 제법 좋아졌다!"

"방식 자체는 그렇게 복잡하지 않으니까……."

여전히 유우를 칭찬할 기회는 놓치지 않는 아인의 말에 쓴웃음을 지으며.

작업에 몰두했다. 원래 손재주가 좋은 편이기 때문에 점점 솜씨가 교묘해졌다. 유우는 문득 얼굴을 들었다.

자신이 죽인 새끼사슴의 둥근 눈동자가 이쪽을 바라보고 있다.

그리고 떠올렸다. 지금까지 쓰러뜨린 크리처들의 시체. 사나운 마수만이 아니라 트롤, 고블린 등 인간형의 요정도 있었다.

무엇보다 직접 대면한 대마법사 둘은 휴먼과 똑같은 생김새였다——.

유우는 작게 중얼거렸다.

"대화를 나눌 수 있거나 심정을 이해할 수 있는 상대와 싸운다는 건——괴롭구나."

말이 통하지 않는 새끼사슴의 눈에도 견딜 수 없는 감정이 끓어올랐다.

뒤늦게 자각했다. 이세계의 대마법사와 만나고 대화까지 나눈 경험은 유우의 정신에 상상했던 것보다 더 큰 충격을 줬던 모양이다.

하지만 자신과 동료들이 살기 위해서는 싸워야만 한다.

그렇게 다짐하며 손과 나이프를 움직였다. 그런 유우를 지켜보는 아인은 무언가 결심한 듯 고개를 주억거리고 있었다.

수상조계 '나유타'에는 총기를 소유한 시민이 적지 않았다.

사냥을 경험해본 자도 아인만 있는 게 아니다. 하지만 그들이 야생동물이 많은 '섬'으로 원장을 나가는 일은 적었다.

사냥감을 쏘는 것만이 '사냥'이 아니기 때문이다.

죽인 짐승의 사체를 운반할 수 있는 배가 필요하다. 한 번에 최대한 많은 양을 나르고 싶으니 큰 배가 좋다.

그렇게 되면 연료비와 인건비 등 왕복에 걸리는 비용이 한층 늘어난다.

원정지에서 해체작업을 해서 부피를 줄인 고기를 옮긴다는 방법도 있다. 하지만 그런 경우에도 역시 대형 냉장고 정도는 필요해지니…….

요컨대, 비용과 노력이 너무 많이 들어간다.

이것이 수상조계에서 '고기'의 가치가 폭등하는 원인이었다.

하지만 유우와 아인에게는 **꼼수**가 있었다.

"으아──. 벌써 네 번이나 실패했어. 요즘 진짜 상태가 이상해……."

"신경 쓰지 마라, 유우. 눈앞에 적이 있는 것도 아니니 또 시도해봐."

"으, 응. ……만세! 장착 성공!"

수많은 가변 나노 입자가 유우의 주위에서 계속 빛을 흘렸다.

하지만 장착하지 못한 채 5분 정도 시간만이 흘러가다가──
간신히 칠흑과 황금의 나노 갑주가 이치노세 유우의 전신을 감쌌다.

헬멧 너머로 고개를 끄덕이려던 유우가 바로 아인에게 요청했다.

"그거 부탁할게."

"알았다."

유우의 시야에 창이 나타나고 텍스트 메시지가 흘러갔다.

『Mantra Server Startup Complete. All PRAJNA Running.』『System Now Booting, Spellbook "VAJRA-SEKHARA SUTRA"….』

이어서 아인이 가스펠 코드를 읊자──.

두 대의 확장 드로이드가 구축되었다.

하나는 대형 조립식 컨테이너 창고를 연상시키는 네모난 상자. 또 하나는 풀 아머 때도 사용했던 수상 오토바이형 《MUV 에어 모빌》.

3호 프레임을 걸친 유우가 바로 작업을 시작했다.

상자 모양의 창고──아니, 물자수송용 확장 드로이드 《MUV 개라지 박스》.

그것의 냉각 모드를 켰다. 커다란 냉장고가 된 수송 박스에 전리품을 착착 가져가 조심조심 눕혔다.

전부 피와 내장을 제거했을 뿐. 아직 해체까진 하지 않았다.

토끼나 크고 작은 새는 그렇다 쳐도 새끼사슴과 성체 사슴 네 마리는 대형 화물이다. 하지만 장착자 3호가 된 유우는 가볍게 운반을 마쳤다.

이제는 위생적인 환경에서 여유롭게 다듬으면 된다.

"마지막으로 가동 시간 설정…. 넉넉하게 잡아 12시간으로 해두자. ──3호, 지도 펼쳐줘. 응, 화물을 보낼 곳은 수상조계의 여기야."

헬멧 안에서 중얼중얼 지시한 유우가 설정을 마쳤다.

이로서 설정한 시간 동안 풀가동할 수 있을 만한 전력과 동력이 3호 프레임에서 확장 드로이드 두 대에게 넘어가 충전된다.

게다가 자율행동을 하기 위한 인공의식체도 켰다.

영락없이 창고로 보이는 《MUV 개라지 박스》가 허공으로 둥실 떠오르더니 하늘을 나는 냉장고가 되어 날아갔다.

시속 70km 정도. 1시간도 지나기 전에 도착할 것이다.

생김새는 어떻든 저건 확장 드로이드다. 자율행동을 할 수 있는 차세대 로봇이다.

유우는 한숨 돌린 뒤 장착을 풀었다.

"이런 일에 아수라프레임을 사용하는 건 조금 치사할지도 모르지만."

"그만큼 저렴하고 맛있는 고기를 사람들에게 제공하고 있지 않나. 결코 사리사욕을 위해 아수라를 악용하는 게 아니야……. 나는 그렇게 생각한다."

본래의 몸으로 돌아와 송구해하고 있었더니 아인이 그런 말을 했다.

하타노 나츠키와 그 친구들과 시작한 경식 가게는 수없이 많은 라이벌을 제치고 빠르게 줄을 서서 먹게 되는 인기 가게가 되었다.

꼬치고기, 건더기가 적은 국물 우동 등이 주력 상품이다.

유우를 비롯한 스태프는 다들 어리다. 대부분 10대에 나이가 많아 봐야 20대 초반. 실력이 좋은 전직 요리사가 있는 것도 아니다.

그래도 인기를 끄는 것은 때때로 파격적인 가격에 '진짜 고기 요리'를 내놓기 때문이다.

매일 제공하지는 못한다. 하지만 그걸 기대하며 많은 손님이 가게를 찾는다. 덕분에 크게 번창하고 있었다.

문제라면 유우와 3호 프레임의 불안정한 상태 정도——.

"최근에는 강한 크리처도 없고 《포털》도 침공하지 않으니까 어떻게든 버티고 있지만. 빨리 원래대로 돌려놓지 않으면 **사람들**을 지킬 수 없어……."

그렇게 중얼거린 뒤에 퍼뜩 눈치챘다.

돌려놓고 뭐고, 이치노세 유우는 애초에 《장착자 3호》가 아니다.

우연히 3호 프레임을 장착할 수 있었을 뿐인 중학생. 임시 핀치 히터. 이 컨디션 난조를 계기로 그만 은퇴해도 상관없을 터이다.

하지만 그렇게 하면 '사람들'을 지키지 못하는 것도 사실.

그렇다. 식량을 얻기 위해 사냥하는 것도, 크리처를 죽이고 대마법사와 목숨을 걸고 대결하는 것도, 동료들을 위한 일이기 때문에 열심히 할 수 있다——.

"…………아."

지금 자연스럽게 떠오른 동료들의 얼굴.

아인. 이쥬인. 아리야. 나츠키 선배도 그 속에 들어가고 있다.

망명 엘프 선생님들, 전직 군인인 시바, 러시아 마피아 같이 생긴 보로노프 역시 조만간……. 하지만, 그 외의 다른 사람들은?

유우가 자신의 협소함과 완고함을 깨달은 그때.

"제안이 하나 있는데. 따라와 주겠나? 유우."

아인이 밝게 말을 걸었다.

"하하하하! 꽤 즐겁군!"

"으, 응. 가능하다면 조금만 더 속도를 낮춰줬으면 좋겠는데!"

"무슨 소리냐. 아수라와 된 당신은 이보다 수천 배는 더 **빠른** 속도로 날았는데! 아직 멀었다!"

"으아아아아아아악?!"

유우는 참지 못하고 절규했다.

장착을 풀고 본래의 몸으로 돌아가 있기 때문에 풍압이 가혹했다.

——아인과 함께 바다 위를 초고속으로 **활주**하며 파도를 가르고 있다.

확장 드로이드 《MUV 에어 모빌》. 수상 스키와 몹시 흡사한 기기는 반중력 리프터의 추진력으로 하늘을 난다. 자동조종 설정도 가능하다.

하지만 지금은 운전대를 잡은 아인이 수동으로 조작 중이었다.

바다 위로 아슬아슬하게 저공 비행하여 완전히 수상 스키처럼 활용하면서.

유우는 앞에 앉은 아인의 허리에 두 팔을 감고 그녀의 등에 매달려 필사적으로 버티고 있었다.

바람을 가르는 소리에 질세라 아인이 큰 목소리로 웃으며 말했다.

"조계의 항구에서 비슷한 탈것을 사용하고 있더군. 그걸 보고 영감이 왔다. 우리의 드로이드라면 같은 것을 할 수 있다고!"

"아인, 제트 스키 운전할 수 있었어?!"

"오늘이 처음이다! 어차피 말과 비슷한 탑승감일 것이라 생각했는데, 제법 거친 것이——마음에 드는군!"

"그렇다는 건 초보란 거잖아?!"

"무슨 소릴. 이미 이 녀석의 특징은 파악했다. 달인이라고 할 정도까지는 아니지만, 벌써 숙련자의 기술을 익혀가고 있다!"

"하지만 가끔 불안정해지——으아악?!"

정면으로 파도를 뒤집어쓴 유우가 당황했다.

아인의 몸에 더 세게 매달렸다. 아무래도 처음부터 해양 레저를 즐길 생각이었던 건지, 그녀는 지참해온 바다용 복장으로 갈아입기까지 했다.

UV 차단, 방수 가공 처리가 된 래시가드. 색상은 네이비 블루.

허리 아래는 레깅스에 꽃무늬 반바지풍의 수영복이다. 마무리로 선바이저를 써서 패션 센스를 뽐냈다.

평소 입는 것보다 훨씬 딱 붙는 옷이기 때문에 뛰어난 몸매가 한층 눈에 띄었다.

"우선 유우, 지금 이 순간만이라도 귀찮은 일은 잊어라."

별안간 핵심을 찌르는 말에 유우의 가슴이 철렁했다.

아인은 어디까지나 쾌활하게, 명랑하게, 우울함을 날려버리듯이 말했다.

"머리를 텅 비우고 즐긴 뒤, 내일 올 골칫거리에 대비하면 된다. 무엇보다 나는 최고로 즐겁다!"

"그, 그야 나도 절규형 놀이기구는 싫어하지 않지만——!"

둘이서 왁왁 떠들고 놀면서 바다를 질주했다.

그러는 사이에 유우도 정신을 차리고 운전사 역할을 교대했다. 둘이서 확장 드로이드를 번갈아 조작하여 마침내 수상조계의 인근 바다까지 왔다.

태양이 서쪽으로 많이 저물어 있었다. 이제 곧 저녁이라 부를 만한 시각이다.

오랜만에 하는 물놀이. 계속해서 다른 길로 돌아왔기 때문에 완전히 늦어버렸다.

이쯤 오자 아인도 속도를 내려서 느긋한 안전운전으로 《MUV 에어 모빌》을 미끄러뜨렸다.

유우도 안심하며 뒷자리에 타고 있었는데——.

갑자기 속도가 떨어지더니 수상 스키형 드로이드가 '정차'했다.

아인이 그렇게 조작한 것이었다. 그래도 부력을 잃지 않는 건 반중력 리프터가 주는 추진력의 은혜이다.

애마를 급정지시킨 파트너가 앞을 본 채로 중얼거렸다.

"유우. 어떤 결단을 내린다 한들 나는 당신의 생각을 최대한 으로 존중하겠다. 그러니 수긍할 수 있을 때까지 자신의 마음과 마주 보도록 해라."

"…………응."

아인의 담백한 말에 유우는 짧게 대답했다.

수상 스키에 같이 타고 있는 상태이기 때문에 상대의 아름다 운 얼굴은 보이지 않았다. 하지만 분명 그녀는 여느 때처럼 고 고하게, 산뜻한 표정을 짓고 있을 터이다.

그런 말투가 든든하고 좋았다.

자꾸만 땅을 파고 들어가는 이치노세 유우의 마음을 매번 공중으로 띄워 올려준다.

엘프 나라에서 '전사의 여왕'이라 불렸던 여성의 클론체.

과연 이치노세 유우는 그녀가 선택하기에 걸맞은 존재인 걸까? 혹은 그녀에게 걸맞은 인간이 될 수 있을까?

자신과 아인의 미래에 대해 막연한 상상을 하고 있을 때──.

"어, 어라? 아인, 언제 이쪽 본 거야?"

"아니, 유우가 멍하니 있기에 무슨 일인지 궁금했을 뿐이다."

운전을 위해 진행 방향을 보고 있었을 텐데.

지금 아인은 수상 스키의 시트에 걸터앉은 채 뒤쪽으로 몸을 돌려서 뒷자리에 있는 유우의 얼굴을 들여다보고 있었다.

바로 코앞에 둘도 없을 만큼 아름다운 아인의 얼굴이 있다.

아몬드처럼 커다란 눈동자가 가까운 거리에서 유우를 바라보고 있었고── 그녀의 호흡마저 느껴질 정도로 가까웠다.

"자── 잠깐, 너무 가까워!"

유우는 몹시 당황하며 호소했으나.

"일부러 가까이 간 것이니 당연한 감상이군."

"?! 왜 일부러!?"

"둔하구나, 유우. 당신과 나는 이미 입술을 허락한 사이. 그렇다면 당연히 지금 분위기에서 어떻게 해야 할지는 명백하지 않은가."

"저, 전혀 명백하지 않은 것 같은데."

"총명한 당신답지 않군. 알고 있지 않나. 자신을 염려해주는 소녀의 사랑에 감격하여 두 번째 입맞춤을 시도할 타이밍이다."

유혹하는 듯한 눈빛을 보내며 아인이 살짝 입술을 벌렸다.

"그런 건 우리에겐 아직 너무 이르다고 봐!"

"……'아직'이라. 그래, 가까운 미래를 고려한 발언이 나왔다는 것을 봐서 당신의 주장도 인정하지. 하지만 유우, 자신에게 호의적인 소녀에게 조금 더 패기를 보여줄 수 있지 않나?"

"중학생에게 무슨 패기야!"

"어려운 일이 아니다. 예를 들어 살갑게 포옹을 한다거나."

"으으으으. 그러니까 허그?"

"허그. 부둥켜안고 애정을 확인하는 행위를 말하는 거였지. 좋다. 바로 허그를 해 다오. 내 운명의 파트너로서!"

키스를 부르는 고혹적인 표정에서 확 달라진 아인이 쾌활하게 웃었다.

그녀는 크게 두 팔을 벌려 유우를 받아들일 태세를 완벽히 갖추었다. 그런 그녀의 명랑함과 자꾸 우울해하는 자신에게 맞춰 주는 넓은 마음을 느낀 유우는 망설였다.

이건 완전히 허그를 할 수밖에 없는 흐름인 건가――.

마침내 결단을 내리기 직전.

유우는 총성을 들었다.

그것도 여럿. '타다다다다다!', '타아앙! 타아앙!' 연사하는 소리, 한 발씩 쏘는 소리가 잇달아 들렸다.

이어서 동료들의 정보연결마저 도착했다.

『아인 씨, 유우 선배! 돌아오셨군요! 크리처 출현. 현재 시민군이 응전 중입니다!』

4

키이 반도와 시코쿠 사이에 낀 와카야마만 위에 떠 있는 수상 조계, '나유타'.

육지에서 떨어져 있던 덕분이리라. 조계를 공격하는 크리처의 수는 최근까지 많지 않았다고 한다.

하지만 최근 석 달 사이에 사정이 바뀌었다.

비행능력을 지닌 날개 달린 크리처, 바다가 장애물이 되지 않는 해양 크리처 등이 일주일에 몇 번이나 나타나게 되었다.

조계의 존재가──적의 전이거점 《포털》의 주인에게 인지된 것이다.

이치노세 유우도 대치한 적 있는 대마법사들. 선택받은 달바의 종족. 사자자리의 스카르샹스와 회오리바람의 콰르달드에게…….

오늘 공격해 온 적은 반어인, 등록명 '머포크' 군단이었다.

인간형이지만 물고기 같은 비늘로 전신이 덮여있으며 목에는 아가미가, 손발에는 갈퀴가 여럿 달려있다. 그것이 200마리 정도.

전원이 무기로 삼지창을 들고 있으며 지극히 흉포하다──.

수영도 잠수도 잘하며, 당연하게도 바다에서 육지로 상륙해 왔다.

가장 먼저 희생된 것은 항구 시설에서 일하던 사람들.

머포크들은 삼지창으로 인간들을 장난스럽게 찌르고, 사납게 꿰뚫으며 잇달아 말살해갔다.

인간 측도 질세라 다양한 무기를 들고 달려와 응전했다.

──시민군의 유지들이었다.

수상조계는 상비군을 기다릴 만큼 인력이 여유롭지 않다. 따라서 무기를 소유한 일반 시민에게 호소해 긴급 시에는 달려와 달라는 약속을 했다.

한번 출동하면 사례금을 받는다.

시민군에 상시로 종사하는 사람은 시바 같은 전임 사관 뿐.

최근 이어지는 크리처 습격에 대항해낼 수 있는 데는 시민군의 움직임이 컸다.

그리고 이번에는 반어인 군단의 도래.

머포크들에겐 원거리 무기가 없었다. 그렇다면 총화기를 다수 갖춘 시민군이 압도적으로 유리──하지 않았다.

적의 전신을 덮는 비늘은 어중간한 총알은 튕겨낼 만큼 단단했다.

"이 녀석들, 총이 안 먹히는데?!"

위력이 강한 총이라면 머포크도 어떻게든 죽일 수 있었다.

예를 들어 대구경 라이플, 근거리에서 쏘는 산탄총 등. 혹은 자동소총 등 연사할 수 있는 화기일 경우 아무튼 마구 쏘아대다 보면 안구나 비늘이 없는 부위에 총탄이 박혀서 죽일 수 있다. 하지만.

그렇게 못하는 소구경 권총이나 칼을 사용하는 사람은──.

"으아아아아악?!"

삼지창에 찔리고, 반어인의 입에 난 날카로운 이빨에 깨물려 풀썩풀썩 쓰러졌다.

얼마 후 수상조계의 외곽 블록에 경보가 울려 퍼졌다.

……마침 항구에는 국방해군의 호위함이 정박해 있었다.

"또 크리처들이 온 모양이야!"

"출동이다! 민간인을 구조해, 서둘러!"

연료가 부족해서 언제 다시 출항할 수 있을지 알 수 없는 호위함 '이즈모'.

하지만 조계로 피난 온 국방군의 잔존병——총 120명 정도가 거점으로 삼아 기거하기에는 충분히 넓었다.

물론 수상조계에 '상륙'하는 게 더 쾌적하게 생활할 수 있다.

사용 시간 제한 등이 있으나 전기 · 수도라는 필수적인 라이프라인이 확보되기 때문이다.

하지만 그래도 그들은 배에 머무르고 있었다.

이 인공도시를 만들어낸 천재 집단, 망명 엘프를 불신했기 때문이다.

"젠장. 엘프 놈들이 괴물들을 부르는 거 아니야?"

"놈들이 센트럴 타워에서 뭘 하는 건지……. 모든 정보를 공개하고 우리의 지휘하에 들어오지 않는 한 도저히 믿을 수 없어."

"의원 나리들도 최근에는 완전히 놈들에게 넘어갔으니……."

"우리——국방군의 상층부도 마찬가지야. 아, 이젠 **전직** 상관인가."

"그만해. 지금은 그보다 시민을 보호하는 게 먼저야."

동료들을 말린 사람은 키가 큰 청년 사관이었다.

사쿠마 시로. 계급장은 국방해군의 대위.

이 선내에 그보다 나이도 계급도 위인 사관은――거의 없다.

수상조계에 도착한 국방관 자체가 적은 데다, 체력적으로도 힘든 연장자는 조계에 상륙하여 쾌적한 생활을 보내고 싶어 했기 때문이다.

그런 자들은 자연스럽게 망명 엘프의 눈치를 보게 되었다.

그게 싫었던 젊은 국방관들이 움직이지 않는 호위함 '이즈모'에 모여 과거의 상관들이 내리는 지시나 요청을 무시하고 수상조계의 장악을 꾀하고 있다.

한때 나뉘었던 육해공의 구분도 이젠 의미가 없다.

리더로서 지휘권을 가진 사쿠마의 호령 아래 잔존병 그룹은 호위함 '이즈모'에서 질서정연히 하선하여 머포크에 맞서 싸우기 시작했다.

그리고 이치노세 유우와 아인은――.

"으윽. 또 장착이 안 되잖아!"

"괜찮다, 우유! 어떤 용사든 전장에 서지 못할 때가 있다. 지금은 나와 함께 멀리서 아군을 원호하자!"

"아, 알았어!"

"유우는 이걸 조작해줘. 무기를 쓰는 건 내게 맡겨라!"

확장 드로이드《MUV 에어 모빌》을 수상 스키로 사용하여―― 조계의 항구 근처까지 왔다. 지금 운전대를 잡은 이는 유우. 그 뒤에 앉은 아인이 라이플을 겨눠 방아쇠를 당겼다.

타아앙! 타아앙!

견고한 비늘이 보호하는 머포크들.

총알을 튕겨내는 반어인. 하지만 아인의 총알은 쏘는 족족 수비가 약한 부분을 꿰뚫었다.

미간이나 눈알, 옆구리 아래, 허리 부근의 비늘과 비늘 사이 등.

유우의 역할은 그녀가 저격하기 쉽도록 최대한 에어 모빌을 수평으로 유지하면서 운전하는 것이었다.

『미안. 시바 씨와 함께 근접전용 드로이드를 움직이려고 했지만, 준비에 시간이 걸리는 사이에 전투가 끝나버렸어.』

『어쩔 수 없어요, 이쥬인 선배.』

동료들──이쥬인과 아리야의 대화가 정보연결로 전달되었다.

유우는 그걸 멍하니 들으며 홀로 항구에 있었다.

『조계 부근을 경계하는 드로이드는 하늘에서 감시하니까요. 바다에서 오는 적은 아무래도 발견이 늦어지죠.』

『앞으로는 바닷속도 대비해야겠구나.』

『조계에 수중 활동이 가능한 드로이드가 없는지 확인해볼게요.』

머포크와의 싸움은 30분 전에 끝났다.

전장이 된 항만 에어리어에는 아직 그 여운이 생생히 남아있다.

오늘의 승리와 생존을 축하하며 귀중한 담배에 불을 붙이고 한숨 돌리는 시민병들. 친구의 전사에 눈물을 흘리는 사람도 있다. 아인은 슬퍼하는 사람들에게 말을 걸고, 어깨에 손을 올리고, 위로와 애도를 하며 돌아다녔다.

유우와는 안면이 있는 시바도 전임 무관의 일로 바빠 보였다.

출격한 시민에게 줄 보수. 전사자의 가족에게 주는 위문금. 그걸 지불하기 위한 사무 수속도 그의 업무 중 하나다.

그리고 다친 사람도 많다.

삼지창에 찔린 몸이 너덜너덜했다.

스친 상처라면 자력으로 응급처치도 할 수 있다. 하지만 출혈이 심하고 장기마저 다친 듯한 중상자는 구호차를 타고 센트럴 타워에 운송되었다.

또 한시의 유예도 없는 위독한 환자에겐——.

응급의료팀이 달려와 그 자리에서 처치를 시작했다.

망명 엘프 남녀들. 타워 안에 있는 병원의 응급의료실에서 활약하는 명의들이 출동해준 것이다.

의사로서의 지식·기술이 천재적인 데다 온통 절세의 미남과 미녀들.

치료를 받는 혼수상태의 환자 본인은 물론이고, 주위에 있는 휴먼도 그들을 보며 넋을 잃었다. 망명 엘프 응급의료팀이 필사적으로 짧은 지체도 없이 치료 행위를 진행하는 모습은 잘 만들어진 무대극처럼 훌륭했다.

하지만.

"하…… 하지 마. 당신들에겐 신세 지지 않을 거야."

한 명, 엘프 의사의 치료를 거부하는 자가 있었다.

국방육군의 전투복을 입은 인간 남성. 가까스로 의식이 붙어 있다.

하지만 옆구리가 깊이 뜯겨나가 출혈이 심각했다. 눈 밑도 무척 거뭇했다. 1초라도 빨리 처치를 받아야 하는 상태였다. 그런데도.

"오늘도 3호 씨—— 장착자 3호가 왔다면 20초 만에 압승할 수 있었어. 우리를 구해줬을 때처럼! 당신들이 3호 씨를 몰래 가둬놓고 있는 거지……!"

"상사, 이제 그만해. ——이 자는 우리 쪽에서 치료하지."

사이에 끼어든 국방군의 청년 사관은 산뜻한 외모에 키가 컸다.

유우도 아는 인물이었다. MRI실에서 처음 봤고, 그 후 축구장에서 함께 플레이한 골키퍼. 사쿠마 씨다.

사쿠마의 부하로 추정되는 국방관들이 모여들었다.

엘프 의사의 제지를 무시하고 위독한 동료를 들것에 옮겨 데려갔다.

……이 일을 계기로 주위 사람들의 표정이 어두워지며 수군거리기 시작했다.

"그러고 보면 장착자 3호가 부활했다고 하는데, 통 안 보인단 말이지."

"요즘 크리처의 습격이 심한데……."

"엘프 선생님들이 3호를 가뒀다니—— 그럴 수가 있나? 아수라프레임은 최강의 결전 병기잖아?"

"그 수트를 만든 게 엘프라니까. 불가능하지는 않을지도……."

"아니. 애초에 3호의 부활 자체가 거짓말일지도 모르잖아요."

"바보 같은 소릴! 나는 이 눈으로 그 사람을 똑똑히 봤어! 이제 딱 죽겠다 했을 때 구해줬다고!"

격렬한 전투 속에서 살아남았다는 안도와 환희는 어느새 사라지고 말았다.

항만 에어리어에 모인 시민병들이 진위가 불확실한 소문을 입에 올리고, 말다툼으로까지 발전하고 있었다.

심지어 이런 욕설까지 날아왔다.

"부활했든 못했든, 아무래도 상관없어!"

분노를 드러내는 거친 말투.

그 가시 돋친 목소리에 흠칫 놀란 유우는 발언자를 찾았다.

"그 녀석은── 3호는 중요할 때, 일본이 가장 위험에 처했을 때 사라져서 우리를 버렸다고……. 이제 와서 나타나봤자 알 바냐……."

라벨이 없는 병을 입에 가져가 콸콸 마셔대는 중년 남자.

투명한 액체를 꿀꺽꿀꺽 마시고 있다. 술 냄새가 지독하다. 그리 품질이 좋지 않은 무허가 소주인 모양이었다.

전투 종료 후 해방감에 몸을 맡겨서 벌써 마시기 시작한 듯했다.

중년 남자는 바닥에 주저앉아 바로 옆에 89식 소총을 내던져 놓았다.

국방군의 표준장비. 잘 보자 그의 복장은 군대에서 쓰이는 위장복이었다. 퍽 더러워지고 후줄근해서 바로 알아차리지 못했지만.

그도 전직 군인인 건가──. 유우가 의아해하고 있을 때.

"너! 우리의 3호 씨에게 무슨 소릴 하는 거야?!"

"그렇게 열심히 한 사람에게 너무하잖아! 네가 뭐라고!"

"시끄러워. 중요한 건 결과라고……. 으, 으악. 하——하지 마. 제발. 내가 말이 지나쳤어……!"

장착자 3호를 깎아내린 주정뱅이 주위에 사람이 모여들었다.

구국의 영웅에게 심취한 '팬'들이 모여서 때리고 차는 등 폭력을 휘두르기 시작했다.

근처에 있던 사람들이 허겁지겁 중재하며 폭행을 막으려고 들었다.

자기 때문에 저런 싸움이 일어나고 말았다. 유우는 무의식중에 발을 움직여 비틀비틀 멀어졌다.

답답한 감정을 안고, 목적지도 없이——.

"다들 네 이야기를 하네."

뒤에서 목소리가 날아왔다. 하타노 나츠키다.

그쪽을 돌아보면 늘 익살스럽게 웃는 미소가 보일 것이다. 하지만 지금의 유우에겐 나츠키의 활달함과 마주 볼 수 있을 만한 여유가 없었다——.

어딘가에 혼자 있고 싶다.

그래서 발을 멈추고 목만 뒤로 돌렸다.

"죄, 죄송합니다. 속이 좀 안 좋아서……."

그 마을 끝으로 나츠키와 똑바로 마주 보려 하지 않은 채 잰걸음으로 떠나려 했다.

하지만—— '덥석'. 어깨를 붙잡혔다. 매끄러운 발걸음으로 다가온 나츠키가 손을 뻗어왔다.

"그거 큰일이네, 유우 군. 같이 집으로 돌아가자."

"하, 하지만."

"착하지? 나츠키 씨가 부축해줄 테니까!"

나츠키가 팔에 팔을 휘감아 억지로 붙들고 연행해갔다.

유우가 향하려고 했던 방향과는 정반대로 걸어간다.

"몸이 안 좋으면 특별히 공주님 안기 서비스도 해줄까?"

"괘, 괜찮아요……."

"그럼 이대로 누나랑 집까지 데이트라는 걸로 OK냥?"

"데이트라니 무슨 소리예요?!"

"그야 이거. 아인 씨가 보면 화낼지도 모르잖아."

생글생글 웃는 나츠키는 유우에게 밀착하며 팔짱을 끼고 있다.

옆에서 보면 확실히 연인 간의 데이트로 보일 법했다. 유우가 당황하며 뿌리치려고 했으나.

완력 차이는 역력했다. 꿈쩍도 하지 않았다.

"뭐, 잠깐 선배의 대화 상대가 되어주시지 ♪"

여느 때처럼 애교와 장난기가 묻어나는 나츠키의 윙크를 받고── 유우는 깨달았다.

이게 아마도 우울해하는 후배를 혼자 둘 수 없다는 배려임을. 요란한 외모와는 반대로 하타노 나츠키는 다른 사람들을 잘 돌봐주는 선배다.

더는 저항하지 않고 그녀와 팔짱을 낀 채 거리를 걸어갔다.

자신을 염려해주는 사람의 온기가 따뜻해서, 조금 눈물이 나고 말았다.

5

일본도처럼 생긴 단분자 블레이드를 휘두르는 사무라이 소녀이자 괴짜.

하타노 나츠키는 두말할 것 없이 오늘의 전투에서도 대활약하며 머포크 십수 마리를 제 검의 이슬로 만들었다.

그리고 지금, 유우는 그녀와 함께 '우리 집'으로 돌아왔다.

날이 완전히 저물어서 노을이 지고 있었다. 공터에 트레일러 하우스를 여럿 이어붙인 주택가에도 석양의 빛이 쏟아지고 있다.

재해 시의 임시주택이 될 예정이었던 이동식 건물.

하지만 현재 수상조계 '나유타'에선 '임시'를 떼버린 거주지로 이용되고 있었다. 유우 일행에겐 두 개의 트레일러 하우스가 배정되어있다.

참고로 유우와 이쥬인은 둘 다 남자라는 이유로 같은 방을 쓴다.

그 결정이 불만인 듯했던 아인은 나츠키와 같은 방이 되었고, 여기에 나츠키의 동성 친구를 몇 명 더해서 한창 단체생활 중이었다.

"다른 사람들은 아직 안 돌아왔네."

"마침 포장마차 쪽이 바쁠 시간이니까요. 저희도 도우러 가요."

슬슬 손님들이 저녁을 먹기 위해 푸드 마켓을 찾을 시간이다.

21시 이후엔 전기공급이 멈추기 때문에, 외곽 블록에는 저녁을 일찍 먹는 사람이 많다.

하지만 유우가 제안해도 나츠키는 일어나지 않았다.

코트 대신 걸치는 후리소데는 이미 벗어던진 뒤였다. 공동 거실에 깐 양탄자 위에서 편안하게 양반다리를 하고 앉았다.

눈이 부실 지경인 각선미도 드러나는 바람에 14살 남자가 똑바로 바라보기 버거운 모습이었다.

"뭐 어때. 오늘은 크리처 사냥한다고 많이 일했으니까. 유우 군은 식재 확보를 위해 원정까지 다녀왔잖아. ……안 피곤해?"

"그야 피곤하지만요."

"그럼 나츠키 씨와 같이 쉬자! 열심히 일한 사람은 그만큼 잘 쉬지 않으면 안 되걸랑."

거실의 가구는 얼마 없었다.

좁은 트레일러 하우스를 최대한으로 이용하기 위해서다.

테이블도 의자도 없기 때문에 유우도 양탄자에 앉았다. 그러고 보면 나츠키와 단둘이 있는 건 처음이었다.

"오늘은 수고했어——. 그런고로 비장의 그것을 꺼내 보실까."

나츠키가 벽 근처에 놓여있는 나무상자를 뒤적거렸다.

그녀 전용의 사물함이다. 안에서 꺼낸 것은 커피 그라인더와 원두가 든 병. 수상조계에서도 좀처럼 볼 수 없는 기호품 중 하나였다.

"아. 제가 콩을 갈게요."

"괜찮아. 누나에게 맡겨주시라. 유우 군은 이래저래 계속 취사 담당을 해주었잖아."

"……죄송합니다."

"뭐, 이게 손이 많이 가는 요리를 만드는 거였다면 순순히 유우 군에게 부탁했을 테지만."

전기 주전자로 물을 끓이는 동안 나츠키가 그라인더를 빙글빙글 돌렸다.

반가운 커피 향기가 피어올랐다. 그 후엔 종이 필터를 세팅한 드리퍼에 분말이 된 원두를 넣고 뜨거운 물을 부으면──.

"얍."

나츠키가 검은색의 음료가 든 머그잔을 내밀었다. 유우는 한 모금 마셔보았다.

"……다른 사람이 타줘서 그런 건지, 전에 마셨던 것보다 더 맛있는 것 같아요."

"원래 그런 법이야. 혼자 있는 건 편해서 좋지만, 보람도 애매하고 외로운 게 문제지."

나츠키는 손수 탄 커피를 입에 가져갔다.

모처럼 마시는 귀중품이기 때문에 유우는 시간을 들여서 싹 비웠다. 테이블이 없는 방이라 빈 잔은 양탄자 위 쟁반에 내려놓았다.

나츠키 쪽은 뜨거운 것도 잘 마시는 건지 이미 다 마신 뒤였다.

"저기, 나츠키 선배는 어디서 나노 머신을 이식받으신 거예요?"

계속 의문이었던 걸 새삼 물어보았다.

중학생인 유우 일행과는 거의 동년배인 전직 고등학생. 본래대로라면 올해 수험생이었다고 하는 17살의 나츠키가 씩 웃었다.

"아마 유우 군이랑 똑같을걸. 나츠키 씨는 교토의 학교에 다녔어. 학교에서 건강진단을 받을 때 몰래 나노 적성 검사도 했더라고."

"그리고 보면 전에 서일본에도 나노 테크놀로지 연구소가 있다고 들었어요."

"응. 수치가 좋게 나온 아이들을 모아놓고 나노 이식을 했지. 그랬더니 세상에나. 나츠키 씨의 몸이 점점 **대단**해졌지 뭐야."

초인적인 신체 능력, 내구력, 시력, 청각 등.

나츠키의 경우엔 나노 머신의 효용이 육체에 강하게——지극히 강하게 발현되었다. 변화한 정도로 따지자면 동료 중에서는 넘버원일 것이다.

그녀는 아수라프레임이 없어도 월등한 용사이다.

"사실 우리 아버지는 원래 스턴트맨이었거든. 은퇴한 뒤에는 전투신이나 액션신 지도사. 딸에게도 어릴 때부터 검도며 격투술을 가르쳤어."

"와아! 어쩐지 멋있어요!"

"그래서 나츠키 씨는 원래도 상당히 강했어. 심지어 나노 이식을 계기로 액션 영화의 주인공급으로 파워업했지. 슈퍼 히어로가 된 기분이더라. 둥근 방패를 던지거나, 거미줄을 쏘아 보내는?"

나츠키의 장난기 어린 말투에 유우는 웃음을 터트렸다.

아인과는 또 다른 의미로, 이 연상의 선배는 자꾸 부정적인 생각을 하는 이치노세 유우를 편하게 만들어준다. 하지만──.

그녀가 갑자기 어깨를 축 떨궜다.

"그랬더니 '대후퇴'가 일어난 거야. 알지? 정부도 공무원도 군대도 경찰도 의지할 수 없게 되었어. 나 자신은 물론이고 가족이나 친구들을 지키기 위해 몸을 던져가며 싸워야만 하게 되었지……. 크리처와 싸우거나, 인간끼리 싸우거나──."

"……인간이랑도요?"

"그래. 아무튼 매일매일 엄청 가혹했지!"

무심코 확인했더니 선뜻 긍정하는 말이 돌아왔다.

그랬다. 패잔병이라고 해도 일단은 국방군의 잔존부대와 함께 행동했던 유우 일행과는 달리, 나츠키는 처음 만났을 때 난민가에 있었다.

묘하게 분위기가 날이 서 있고, 주민 다수가 무장하여 스스로를 지키던 마을.

수상조계처럼 망명 엘프 행정부나 감시 드로이드, 시민군도 없는 장소.

확실히 예전에 나츠키 본인이 이렇게 말했었다.

『해외의 좀비물 드라마에서 시즌 3개 분량은 뽑을 수 있을 만큼 파란만장한 경험을 한 것 같아.』

『나쁜 짓을 저지르는 몹쓸 놈에게는 그에 맞는 보복을. 나쁜 짓으로는 끝나지 않을 수준의 악행을 저지른 자식에게는 봐주지 않고 제재를──.』

인간들 사이에서 일어나는 내분이 어지간히 심했던 모양이다.

그리고 지금 그녀는 태연하게 웃으며 말했다.

"나츠키 씨는 사실 그 시기를 **반성**하고 있거든. 그래서 고등학생에서 '곤경에 빠진 **사람들**의 보디가드'로 직종을 변경했단 말이지."

사람들. 최근 유우를 고민하게 만드는 단어 중 하나.

그래서——등을 곧게 펴고 자세를 바로잡은 뒤 물었다.

"보디가드라는 건 어떤 의미인 거죠?"

"나츠키 씨는 강하니까. 나보다 약한 사람들은 전부—— 전부 지키기로 했어. 호위료는 고마워하는 마음. ……뭐, 물론 돈이나 식량을 준다면 대환영이지만, 딱히 없어도 괜찮아♪"

"저는——."

유우는 작게 중얼거렸다.

"저에겐 그런 건, 어려워요. 세상에는 다양한 사람들이 있고, 저나 제 소중한 동료들에게 나쁜 말을 하거나 나쁜 짓을 하는 사람도 많고——그런 사람들까지 목숨을 걸며 지켜야만 하는지……."

작년 6월, 칸토권의 도시가 바다에 침식되었다.

도쿄 도심부와 국가기능이 괴멸. 그 후로 나쁜 어른들만 봤다.

——계속 같이 있었던 군인들.

늘 거만하고 큰소리를 쳐대면서 호령한 주제에 바로 민간인을 버리고 도망쳤으며, 마이즈루의 가설기지에서는 자신들을 실컷 괴롭혔다.

——유난히 거칠고 살기등등하던 어른들.

사소한 일에도 바로 화를 내고 손까지 올렸다. 크리처에게서 몸을 지키기 위한 총이나 무기로 같은 인간을 위협하고 찍어누르려 했다.

——조금 '다르다'는 이유만으로 상대를 배제하고 싶어 하는 사람들. 아인이나 아리야, 망명 엘프 현자들에게 무례한 짓을 저지르는 사람들.

종족이 다를 뿐, 친구나 가족이 될 수 있는데——.

"아마 저는 모든 사람을 위한 영웅이 되기에 적절한 성격은 아닌 것 같아요. 이 나라를 위해서나, 일본을 위해서…… 예전의, 선대 장착자 3호가 인터뷰에서 곧잘 입에 담았던 말이 전혀 와닿지 않거든요."

"그건 나츠키 씨도 마찬가지야."

"적 측의 인물이라는 이유로 죽이는 것도 싫고…… 그래서 이대로 '3호'를 계속해나갈 생각이라면, 저는——'제'가 아닌 무언가, 어디에나 있는 중학생이 아닌 **진짜 저를 넘어서는 무언가**로 바뀔 필요가 있는 건지도……"

예전에 아인이 해주었던 말.

『나는 아마도 지금까지 상상조차 하지 않았던 존재의 탄생에 입회하고 있다.』

가면을 쓴 영웅에 대해 이야기했을 때다.

그 기대와 희망에 부응해 그녀의 상상을 아득히 넘어서는 무언가가 될 수는 없는 걸까…….

"? 왜 그러세요? 나츠키 선배."

"아니…… 재미있는 이야기를 들었다는 생각에. '내가 나이기 위해서'나 '나는 나인 그대로'라든가 '나 자신을 찾아서' 같은건——확실히 이젠 그런 시대가 아니긴 하지! 어쩐지 즐거워졌어!"

의기소침해하는 유우를 앞에 두고——.

'선배'는 어째서인지 기뻐 보였다.

늘 웃는 얼굴인 하타노 나츠키. 하지만 일부러 웃고 다니는 것같다는 느낌도 받아왔다. 이렇게 어두운 시대이기 때문에 남들보다 강한 자신만이라도 웃어야 한다는 느낌.

하지만 지금 나츠키가 보여준 표정은.

이치노세 유우의 존재를 진심으로 든든하다고, 기쁘다고 생각하는 듯한 느낌이라서——.

"아인 씨가 유우 군에게 푹 빠진 이유를 조금 알 것 같은 기분이야."

"무…… 무슨 말씀이세요?"

"섭섭해라. 슬슬 반말 트자. 아인 씨가 무슨 일만 있으면 유우군더러 똑똑하다고 했던 의미를 나츠키 씨도 이해했다 이 말씀!"

"잠깐——아파요! 그리고 가슴이…… 눌린다고요!"

"응응, 무시해. 선배가 쓰다듬어줄 테니까 장난감이 되려무나. 오구오구, 오구구."

나츠키의 가슴팍에 와락 끌어안긴 유우.

머리카락을 호쾌하게 쓰다듬어대는 손에 담긴 것은 친애의 감정이리라.

하지만 힘차게 끌어 당겨져 나츠키의 대단히 풍만한 가슴에 유우의 얼굴이 파묻히는 자세가 되고 말았다――.

심지어 그녀는 탱크톱과 핫팬츠만 입은 상태다.

부드러운 유방과 매끄러운 피부, 쌍방의 감촉에 허둥대면서도 유우는 가장 물어보고 싶었던 걸 입 밖에 냈다.

"저기……. 나도 나츠키 씨처럼 될 수 있을까?"

"될 수 있고말고. 의외로 쉬워. 손이 닿는 범위에 있는 '사람들'을 최대한, 온 힘을 다해 지키는 것뿐인걸. 그 프레임을 입은 유우 군이라면 진짜 히어로도 될 수 있을지도 몰라!"

나츠키는 역시 호걸이라는 말이 나올 만큼 분명하게 즉답했다.

이치노세 유우에겐 이 호쾌함의 절반도 없다. 절대 이렇게 되지 못한다. 하지만 유우는 신기하리만치 편안한 마음으로 고개를 끄덕였다.

……이 대화로부터 닷새 후.

두 개의 사건이 동시에 발생하여 유우는 커다란 결단을 강요받게 된다.

먼저 정보연결을 통해 '망명 엘프 이사들과 아리야가 군인들에게 구속당해 인질로 잡혔다'는 소식이 도착했다.

그리고 수상조계의 상공에――호박색의 오로라가 나타났다.

적의 전이거점 《포털》이 마침내 근처에서 실체화했다는 증거였다.

제 4 장

CHAPTER TITLE

왕의 귀환

이 세 계 . 습 격

Fantasy has invaded.
Hero come back

1

구름이 낀 낮.

4월도 끝을 맞이해가는 월말의 오후였다.

이때 토도 아리야는 '비서'로서 보모 업무에 종사하고 있었다.

수상조계 '나유타'의 이사이기도 한 괴짜 외삼촌, 나달. 근무 중에 장난감을 만져댈 때는 그나마 낫다. 그냥 노는 것처럼 보이지만 의외로 본인의 주장대로 두뇌 노동에 힘쓰는 중이기 때문이다.

그럴 때는 장난감을 한 손에 들고 묵묵히 머릿속으로 이런저런 꿍꿍이를 세운다.

하지만 아무것도 들고 있지 않을 때는 아니다. 똑같이 생각에 잠겨있긴 하나, 나달은 거만한 비아냥이나 밉살맞은 소리를 던지며 주위에 있는 사람들을 질색하게 만든다. 아무도 없으면 억지로 사람을 불러내고, 잡아두고, 상대방에게 사정이 있거나 없거나 떠들어대기까지──.

외삼촌의 폭주를 저지하고 대화 상대가 되는 것도 실은 비서의 역할이었다.

그리고 아리야에게는 그를 닥치게 만드는 '마법의 주문'이 있었다.

"우리 엘프족 현자들에 비하면 확실히 너희 휴먼의 두뇌는 몹시 빈약하고 감성도 동물적이지. 하지만 안심하려무나. 그렇다고 해서 차별은 하지 않는단다. 나는 동물학에도 관심이 있는 편이니…… 아니, 자네. 여기서는 나의 소소한 블랙 조크에 폭소를 터트릴 타이밍이 아니더냐. 그 어중간한 억지웃음은 대체 무슨 의도인 거지?"

"외삼촌. 적당히 하지 않으면 아인 씨에게 고자질할 거예요."

"음."

일본 출신으로 보이는 청소원에게 질척거리던 외삼촌.

아리야가 마법의 주문을 외치자 즉시 입을 꾹 다물었다.

성격에 모가 너무 많이 난 나달 라프탈의 입에 '지퍼'를 달 수 있을 만큼 클론 엘프 소녀는 큰 존재인 모양이었다.

"후후. 외삼촌이 원래는 여왕님의 조언자로 자주 설교를 들었다니── 유용한 사실을 알았어요."

주문의 효력에 만족한 아리야는 히죽히죽 웃었다.

외삼촌은 여느 때처럼 무뚝뚝한 얼굴을 조금 더 부루퉁하게 만든 표정으로 작게 중얼거렸다.

"아리야. 공주님께 쓸데없는 부담을 주면 안 되지 않으냐."

"하지만 아인 씨는 '나달의 밉살맞은 말로 인한 클레임은 전부 나에게 전달해라. 녀석을 개심시켜주겠다'라고 멋있게 선언하셨는데요."

"음."

고식적인 말로 견제를 하기에, 이쪽도 못을 꽝꽝 박았다.

아리야는 다시 침묵한 수상조계의 이사에게 등을 돌리고 '진열물'을 찬찬히 견학하기로 했다.

박물관을 연상시키는 전시장에 귀중한 물건이 잔뜩 들어가 있었다.

이 건물의 이름은 이세계 중요문물 자료관으로 상당히 길다. 그래서인지 많은 망명 엘프가 간결하게 '보물창고'라고 불렀다.

수수께끼의 항아리. 지팡이. 케이프. 수상한 빛이 감도는 흑마노.

마도 문자가 새겨진 팔지. 오래된 물건인 듯한 두루마리.

비문이 빼곡하게 각인된 석탑. 포유류로 추정되는 두개골.

……등등, 내력을 알 수 없는 물품들이 진열되어 있다. 전부 망명 엘프가 이세계 파람에서 가져온 보물이라고 하지만.

"반짝반짝 빛나는 것도 적고, '보물'이라는 느낌이 없는 물건 투성이네요. 그런데 나노 머신 때문인지 머릿속에 묘한 소름이 돋아요."

아리야는 오른손을 내려다보았다. 손바닥에 고리 모양의 빛이 떠 있다.

보물창고에 들어오자마자 멋대로 활성화된 것이다. 그런 조카를 날카롭게 일별한 나달이 만족스럽다는 듯 중얼거렸다.

"기대대로군. 지상 세계에 가져옴으로써 마력을 잃은 '매직 아이템이었던 것'들이지만 오랜 시간에 걸쳐 축적해온 **요기**(妖氣)는 아직 건재하니 말이다."

"무슨 의미예요? 그건."

"아니. 네 감각계 나노 각성이 한층 촉진되는 걸 노린 것뿐이다.

이미 마법을 감지할 수 있으니, 이곳의 요기에도 반응할 것이라고 봤지."

"잠깐만요! 무단으로 인체 실험하지 말아주세요!"

"그런 말 마라. 이 정세에서는 너희 적합자의 나노 각성이 믿을 구석이니. **그래서** 오늘도 이렇게 데리고 다니는 거란다."

"조카를 살아있는 아이템으로 취급하시는 건가요……."

참으로 외삼촌다운 말투였다. 아리야는 기가 막혔다.

"아리야를 비서로 삼고 매일 같이 있는 걸 보고 외삼촌도 드디어 가족애에 눈을 떴나 했는데!"

"그저 합리적인 판단——아니, 그래. 나중에 너는 공주님과 만난다고 했지."

나달은 눈에 힘을 준 얼굴로 연기하듯 말했다.

"정정하마. '물론 너를 사랑하기 때문이란다'. 공주님께는 나달이 이렇게 말했다고 보고해주려무나. 딱 그분께서 기꺼워하실 만한 발언이니까."

"지금 하신 졸렬한 지시까지 포함해서 전부 보고해드리겠습니다!"

"음."

아리야는 무표정으로 사랑을 이야기하는 나달에게서 스윽 떨어졌다.

정나미가 떨어졌다거나 하는 건 아니다. 외삼촌의 인성은 이미 잘 알고 있다. 관심이 가는 아이템을 발견했기 때문이다.

좁고 길쭉한 전시 케이스 하나를 통째로 점령하는—— 무구였다.

긴 자루 끝에 일본도처럼 '둥글게 휜 칼'이 달려있었다. 얼핏 보면 나기나타다. 하지만 그 칼날은 몹시 크고 두꺼웠다.

"……삼국지에 나오는 무장이 쓸 것 같아."

아리야는 청룡언월도의 이름을 떠올렸다.

자루와 칼날의 연결부가 '입을 벌린 드래곤' 모양으로 세공되어있었기 때문이다.

그리고 용의 입과는 반대쪽――긴 자루를 수직으로 거머쥐었을 때 땅바닥에 찍는, '물미'라 불리는 부분. 그것이 무척 특이한 형태를 띠고 있었다.

"이런 곳에 왜 바퀴가――."

자루의 맨 끝부분에는 바퀴가 달려 있어서 그게 빙글빙글 돌아가는 구조였다.

아리야의 머릿속에서 '소름'이 더 격렬해졌다. 바퀴가 달린 청룡언월도를 바라보고 있었더니 갑자기 그렇게 되었다.

"슬슬 집무실로 돌아가야겠군. 가자, 아리야."

"앗, 네."

알 수 없는 기분을 느끼며 나달 뒤를 따라갔다.

오싹오싹. 오싹오싹. 조금만 더 있으면 이 감각의 정체를 파악할 수 있을 것 같았다.

성격은 그렇다 쳐도 유난히 지식이 풍부한 외삼촌에게 물어보면 바로 대답을 얻을 수 있겠지만, 그건 영 못마땅했다.

……참고로 이 '보물창고'는 센트럴 타워의 9층에 있다.

진짜 박물관과 마찬가지로 접수처가 있는 엔트런스에서 출입한다. 조금 걸어가면 엘리베이터와 계단도 있다.

하지만 앞서 걸어가던 외삼촌은 어느 쪽으로도 가지 않고——.

"봐라. 내 말이 맞지 않으냐. 역시 너를 데리고 다니길 잘했지."

발을 멈추더니 어째서인지 거만한 말투로 득의양양하게 말했다.

보물창고의 엔트런스에서, 총화기로 무장한 부대가 기다리고 있다가 나달 외삼촌을 향해 총구를 겨누었기 때문이다.

그들은 파란색과 녹색이 어우러진 미채무늬의 전투복을 입고 있었다. 국방군의 제복이다.

심지어 타이밍이 나쁘게도——.

창문에서 보이는 하늘에 호박색의 오로라가 가득 나타났다.

적의 전이거점 《포털》이 실체화한 모양이었다. 최근 수상조계에서도 보이게 된 '수정궁'이 아닐까.

아리야는 조급해하며 창문 밖에서 요사스럽게 흔들리는 빛을 가리켰다.

"보, 보세요. 적——그것도 대마법사 클래스가 공격해 올 거예요!"

"그런 모양이군. ……늦지 않아 다행이다. 너희들에게서 《장착자 3호》를 구출해 전선에 복귀시키면 반드시 격파해줄 거야."

병사들의 대표로 보이는 청년 사관이 싸늘하게 대답했다.

스포츠맨 풍으로 생긴 상큼한 외모. 검은 머리카락을 짧게 쳐낸 헤어스타일이다. 키도 크고, 목깃에 대위 계급장을 달고 있었다.

"당신들 '이세계인'은 우리 군부에게 통치권을 양도한 후 계속해서 조계의 인프라를 유지하면 된다. 물론 충분한 대우를 약속하지. ……당신들이 외부에서 원군을 부르는 짓만 하지 않는다면——."

센트럴 타워의 최상층, 전망 살롱.

360도 전면 유리. 높이 300m에서 보이는 근사한 풍경을 즐길 수 있는 공중정원에 두 그룹이 모여 있었다.

하나는 망명 엘프들이다.

20명 전후의 수상조계 이사가 전원 납치되어 인질로 구금되어있다. 비무장이 현자의 관습이기 때문에 권총은 물론이고 스턴건조차 지닌 자가 없었다.

다른 하나는 국방관 그룹.

35명의 결사대, 그 전원이 총을 휴대하고 있다. 89식 소총의 총구를 엘프들에게 겨누며 견제하는 병사도 적지 않았다.

전망 라운지의 창가에 모인 엘프들은 바닥에 앉아있었다.

눈앞에 들이대는 총구를 보고 이사 중 한 명이 중얼거렸다.

"부르고 뭐고……. 우리에겐 의지할 수 있는 나라도 군대도 없는데."

"글쎄. 서일본 에어리어에 진을 친 《포털》은 둘. 하나는 마이즈루만, 하나는 신 칸사이만을 거점으로 삼았으면서도 칸사이 각지로 이동하며 크리처 군단을 본토에 보내고 있지."

결사대의 리더로 보이는 사관이 험악한 얼굴로 말했다.

"당신들에게는 '놈들'과 내통한다는 혐의가 있어……."

"다시금 말하지만 그건 곡해다."

라그 엘 라팡 이사는 온화하게 반론했다.

망명 엘프이기 때문에 당연히 기품있게 생긴 미남이다. 심지어 그 몸에 감도는 화사한 아우라는 동족의 누구보다도 빼어났다.

게다가 허리까지 내려갈 정도로 긴 애쉬블론드.

이사회를 대표하는 대변인이기도 하기 때문에 조계에 있는 휴먼들은 은밀히 '왕자'라는 별명으로 부르고 있다.

지금도 그는 유감을 표명하며 우아하게 앞머리를 쓸어넘기고 있었다.

그 동작은 몹시 귀족적이면서도 속세와는 동떨어진 모습이기에──라그 엘 이사와 마주 보고 있는 사쿠마 대위는 눈썹을 찡그렸다.

망명 엘프 특유의 우아함이 거슬렸던 모양이다.

짜증을 드러내는 사쿠마에게 라그 엘 이사가 한층 더 호소했다.

"생각해봐라. 우리 엘프에게도 저 신기루 성…… 선택받은 달 바의 군단은 적이다. 우리 종족의 동포도 녀석들에게 많이 살해당했지. 그대들과 우리는 같은 처지──."

"그렇다면 어째서 《장착자 3호》를 우리에게서 숨기는 거지?!"

사쿠마가 갑자기 언성을 높였다.

"수상조계까지 도착했을 3호가──갑자기 사라졌다. 《포털》의 대마법사와 내통한 당신들이 3호를 유폐하고 놈들에게 바칠 생각이라고 한다면 앞뒤가 맞아!"

잘생긴 것만이 아니라 분위기도 상큼한 사쿠마 대위.

그는 지금까지 군인 측의 대표자로서 애써 냉정하게 행동하려고 했다. 결코 격정적인 성격인 것도 아닌 것처럼 보인다.

하지만 출구가 없는 미로 같은 극한 상황에 몰린 지 벌써 수개월.

스트레스로 인해 감정이 폭발하기 쉬워진 게 아닐까. 아리야는 그렇게 추측했다. 외삼촌처럼 늘 유유자적하며 냉정, 침착할 수 있을 만큼 초월적인 인물은 아닌 거다.

보물창고에서 납치된 뒤 벌써 30분 가까이 지났다.

전망 살롱의 유리창 밖에서는 여전히 호박색의 오로라가 일렁이고 있었다. 언제 적습이 시작되어도 이상하지 않다.

아리야는 바로 옆에 있는 혈육에게 소곤소곤 작은 목소리로 말을 걸었다.

(저 '유폐된 장착자 3호의 신병으로 대마법사에게 거래한다' 설, 누가 주입한 걸까요?)

(음. 내 의지를 이어받은 전직 국방관의 공작원이 그들에게 접촉한 결과다.)

나달 외삼촌도 작은 목소리로 대답했다.

(참고로 공작원이라고 해도 당사자에게 그런 자각은 없고, 어디까지나 자발적으로 그 결론에 도달하도록 유도하여 저들을 찾아갈 생각을 하게 만들었지.)

(역시나⋯⋯. 진짜 사회성은 떨어지는 주제에 그런 유도만큼은 잘한다니까요!)

그 음모가 돌고 돌아 현재 인질이 되어 구금된 셈이다.

심지어 대량의 총까지 들이대진 채로. 언제 발포해도 이상하지 않은 비상사태에 13살 먹은 하프 엘프는 안절부절못했다.

(아리야에게는 너무 열심히 음모를 꾸민 결과 불러올 필요가 없었던 위험을 굳이 초래한 것처럼 보이는데……!)

(어쩔 수 없지. 난세에선 때로는 하늘에 운을 맡길 필요도 있단다.)

(무슨 의미인데요?!)

(용맹한 사자라고 해도 몸속에 벌레가 돌아다니면 마음껏 싸울 수 없지. 슬슬 고름을 짜내야 하는 시기인 거다.)

아리야는 흠칫 놀랐다.

여느 때의 괴짜 같은 모습과는 다른 냉철함을 느꼈기 때문이다.

그랬다. 죽은 어머니 클로에와 마찬가지로, 나달 외삼촌도 전란이 소용돌이치는 이세계에서 살아남아 온── 베테랑이었다.

외삼촌은 아마도 지금 상황을 '내전'이라고 인식하고 있다.

……쿠데타 부대는 먼저 대형 프레이어 휠을 제압하러 간 모양이다.

센트럴 타워의 뒤에 우뚝 서 있는 발전시설. 출동할 수 있는 전투차량을 총동원해서 중앙 블록의 감시망을 돌파하여 관람차 같은 휠을 향했다.

당연히 경비·전투를 담당하는 드로이드들은 그쪽으로 모여 응전 태세를 갖췄다.

하지만 그건 양동작전으로, 쿠데타 부대의 '진정한 노림수'는 이사회의 요인을 확보하여 인질로 잡는 것이었다.

타워 내의 혼란을 틈타 잠입해있던 본대가 움직여 지금에 이르렀다.

(하, 하지만 저희를 미끼로 삼았다가 정말로 죽으면요……?)

(괜찮다. 다행히 우리는 현자. 한 명 한 명이 지구상에서는 보기 드문 천재지. 그 가치를 아는 자는 쉽사리 죽일 수 없단다. 애초에 수상조계의 인프라를 유지하기 위해서는 우리의 협력과 지식이 필수 불가결이니——.)

(아, 아리야는 현자가 아닌데요. 끌어들이지 마세요!)

이렇게 된 이상 조금이라도 살아남을 노력을 해야 한다.

사실 조금 전, 외삼촌이 귓속말로 내린 지시에 따라 나노 머신을 사용했다. 이 상황에서 가장 도움이 될 정보연결 기능을.

휴대전화 · 무선을 쓸 수 없는 상황에서도 적합자끼리는 통신할 수 있기 때문이다.

(저기! 이쥬인 선배, 나츠키 선배——!)

공포를 잊기 위해 아리야가 나노 머신 활성화에 몰두하고 있을 때.

나달이 의외라는 듯 눈을 크게 떴다.

(설마 '그'가 올 줄이야. 기대는 했지만, 의지하진 않았던 전개로군.)

외삼촌의 시선 끝에는 아자린 대승정이 있다.

아수라프레임 개발의 총괄자이자 인조 마신을 받드는 사제 중 한 명. 이사회의 구성원이기도 하기 때문에 인질로 구속되어 있었다.

눈앞에 들이닥친 총구에 계속 불안해하는 표정이었던 엘프 미소녀.

하지만 지금 아자린은 '활짝' 빛이 나는 미소를 지으며 허공을 바라보고 있었다.

그녀의 손목에 있는 손목시계—— 아니, 웨어러블형 PC가 자동으로 부팅되었기 때문이다. 공간에 3D 홀로그램이 투영되었다.

3호 프레임 《루드라》의 입체영상과 각종 데이터가 분명했다.

심지어 출력을 가리키는 게이지가 쭉쭉 상승 중……!

그것은 유우 선배가 장착에 성공했다는 증거. 최근에는 계속 컨디션이 좋지 않아 장착 성공률이 3할 미만이었는데!

"어머나. 오랜만에 컨디션이 좋아 보이네♪"

하늘의 아수라가 각성한 것을 안 아자린 대승정이 가련하게 웃었다.

2

나노 머신을 통한 정보연결.

수상조계 '나유타' 내부라면 어디든 통신권 안에 들어간다. 육성을 내서 통화하지 않아도, 문장을 떠올리기만 해도 메시지로 만들어 보낼 수도 있다.

따라서—— 아리야는 구조요청을 보내기 위해 별다른 고생을 하지 않았다.

인질로 잡혀서 총 앞에 놓인 상태에도 나노 머신을 활성화한 뒤.

『큰일이에요. 아리야랑 현자들이 군인들에게 잡혔어요!』

……라고 강하게 떠올리면 된다.

이 메시지를 받았을 때, 이치노세 유우는 조계의 항구에 있었다.

마침 호박색의 오로라가 출현한 직후였다. 시민군의 대원들이 크리처에 맞서 싸우기 위해 잇달아 해변에 집결하는 도중이었다.

"국방군 사람들은 이럴 때 무슨 짓이야?!"

유우는 무심코 크게 소리쳐 사람들의 주목을 모으고 말았다.

시민군의 전임 무관인 시바, 러시안 마피아 풍으로 생긴 중년 남성 보로노프, 그리고 클론 엘프 아인이 바로 근처에 있었다.

물론 그녀도 같은 메시지를 수신했다.

"군대의 젊은이들이 모반을 일으킨 건가……. 나달 녀석이 부추겼던 모양이니. 그들도 모사에 익숙한 것처럼 보이지 않던데. 안쓰럽군."

"그러니까 말이야! 인질로 잡힌 이사님들이 너무 안쓰럽다고!"

아인의 중얼거림에 동의하는 유우.

하지만 여왕의 클론체인 엘프 소녀는 고개를 내저었다.

"아니, 유우. 확실히 현자들의 안부는 걱정이다. 하지만 나는 젊은 군인들을 안쓰럽게 생각한다."

"뭐——?"

"나달은 그들을 **배제**할 생각으로 일을 꾸몄을 거다."

"……그렇죠. 이사들은 확실히 살생을 싫어하는 현자지만."

시바가 '하아' 하고 한숨을 쉬었다.

"전국시대와도 같은 이세계에서 살아남아 지구까지 망명해왔을 만큼 다들 수라장에 익숙합니다. 그러니 불순분자를 숙청하는 걸 주저하지 않겠죠. 극형까진 아니어도 종신형이나, 무인도에 유폐하거나……."

"그래. 쿠데타 미수까지 저질렀다면 구실은 충분해."

보로노프마저 이해한다는 얼굴로 고개를 끄덕였다.

고향이라는 러시아 극동의 연해주는 오랫동안 이세계 세력의 공격에 노출되었다.

바다 저편에서 일본으로 건너온 외국인 난민. 사실 보로노프는 망명 엘프와 몹시 비슷한 처지이다.

"정당한 이유도 없이 일본의 전직 군인들을 투옥하거나 처형하면 조계에 있는 일본인이 반발할 거야. 그야말로 폭동이 될 수 있지. 그 엘프 쪽의 높으신 분은 자신들의 목숨을 미끼로 젊은 군인들을 함정에 빠뜨린 거야. 의외로 배짱이 두둑한데?"

러일 무역에 정통하여 일본어도 능숙하게 구사하는 러시아인.

보로노프의 해설에 근거를 더해주듯, 정보연결로 새 메시지가 유우와 아인에게 날아왔다.

『저기! 외삼촌에게서 이쥬인 선배와 나츠키 선배가 센트럴 타워 안에 숨어있다고 들었는데요?! 지, 진짜예요?!』

『어, 어어. 전투용 드로이드와 함께 비밀의 방 같은 곳에…….』

『나츠키 씨도 같이 있어. 최근에 보디가드 의뢰를 할지도 모른다면서 매일 타워에 불려 왔거든. 이런 사정인 줄은 몰랐지만.』

이쥬인은 동요했고, 나츠키는 어째선지 떨떠름한 반응이었다.

늘 발랄한 사무라이 소녀. 하지만 그 사랑스러운 얼굴을 찡그리고 있는 모습이 유우의 눈앞에 보이는 것 같았다.

한편 아리야는 진심으로 안도한 모양이었다.

『그럼 바로 구출하러 오실 수 있는 거죠? 다행이다!』

『자, 잠깐만! 지금 어떤 드로이드가 좋을지 고르는 중이야!』

『음, 뭐 나츠키 씨는 목숨은 살리고 싶어 하는 사람이니까. 제대로 달려갈게. 나중에 아리야네 외삼촌에게 항의해야겠구먼.』

나츠키 선배는 역시 무언가에 화가 난 모양이었다.

며칠 전 그녀와 유우는 긴 이야기를 나누었다. 그때를 떠올리고 가슴속에 소용돌이치는 온갖 생각을 곱씹은 유우는——.

"……장착할게. 3호."

조용히 불렀다.

자신의 몸속에 깃들어있는 분신을. 그러자 가변 나노 입자의 빛이 전신에 휘감기며 칠흑과 황금의 특수장갑 수트로 변화했다.

목에 감긴 성해포는 두 장의 날개처럼 좌우로 펼쳐지며 바람을 받아 펄럭였다.

"어?! 이치노세, 장착에 성공한 거야?"

시바가 깜짝 놀라 말했다.

"그것도——이렇게 쉽게! 요즘 자꾸만 실패했었는데?!"

"그야 **사람들**을 지키기 위해서니까요."

"오오."

장착을 마친 유우의 모습을 아인이 넋을 잃고 바라보았다.

"지금 그 말에는 예전엔 없던 힘이 깃들어있던데. 하는 건가?

유우!"

"응. 나는…… 네가 바라는 대로의 존재가 될게."

장갑이 된 나노 머신 ADAMAS를 두르고──.

이치노세 유우는 《장착자 3호》로서 고결한 마음을 지닌 파트너에게 당당히 선언했다. 그것은 맹세의 말이자, 그녀와 자기 자신에게 하는 약속이었다.

"잠시 다녀올게! 최대한 빨리 돌아올 거야!"

"그래. 그때까지는 괴물들이 공격해와도 우리만으로 버텨보겠다. 여왕의 칭호에 걸고 맹세하지!"

아인의 든든한 목소리를 들으며 반중력 리프터를 시동.

유우는 질풍과도 같은 속도로 하늘로 날아올랐다. 초속 20m의 초스피드. 그대로 쑥쑥 가속하여 순식간에 음속의 벽을 돌파했다.

대마법사 두 사람과 조우했던 날 유우를 덮쳤던 망설임은──일절 느끼지 않았다.

그리고 유우는 고작 수십 초 만에 목적지에 도착했다.

높이 300m의 센트럴 타워. 헬기도 착륙할 수 있는 옥상에 내리자마자 유우는 3호 프레임에게 말했다.

"다들 맨 꼭대기 층에 있는 거지? 거기로 들어가고 싶어."

프레임은 강풍을 받으면서 개폐 신호를 발신했다.

옥상 바닥의 일부가 옆으로 미끄러지며 네모난 비상구가 열렸다.

유우는 칠흑과 황금의 수트를 두른 《장착자 3호》로서 뛰어들어──인간과 엘프가 모여있는 전망 살롱에 내려섰다.

"3호 씨?!"

"엘프 놈들에게 잡혀있던 거 아니었어요?!"

"오오…… 잘 왔다, 폭풍의 아수라여!"

국방관들이 술렁거리고, 아름다운 망명 엘프들도 놀라워했다.

유우는 아랑곳하지 않고 무장을 선택했다.

비치사성 마비음파──. 시야에 데이터를 표시하는 헤드 마운티드 디스플레이에 조작용 창이 나타났다.

헬멧 안에서만 들리는 작은 목소리로 설정을 지시했다.

"3호. 음파의 방출 시간을 길게…… 그래, 180초로 설정해줘."

키이이이이이이이이이이이이잉!

흉부의 장갑에서 소름 끼치는 금속음이 분출되었다.

폭도 진압용 음파로 인해 전망 살롱에 있던 사람들은 휴먼, 엘프 구분 없이 풀썩풀썩 쓰러졌다.

180초에 걸친 마비음파를 방출하는 동안──.

사람들은 속수무책으로 바닥에 쓰러져 경련하는 게 고작이었다.

간신히 소리가 멎어도, 그들은 체력을 완전히 소진하고 팔다리도 위축되어서 그대로 바닥에 축 늘어졌다.

쓰러진 사람 중에는 유우의 후배도 있었다.

『으윽. 유우 선배, 좀 힘들어요. 속 뒤집혀…….』

『하지만 제일 안전한 방식이었어. 유탄 같은 거에 맞고 싶진 않지?』

육성이 아니라 정보연결을 통해 아리야와 대화했다.

유우는 전망 살롱을 둘러보았다.

……놀랍게도 몇 명의 국방관이 비틀거리며 일어나려고 했다.

다들 체격이 좋은 청년이었다. 호리호리한 엘프들은 다들 쓰러진 그대로. 아마 체력과 튼튼함의 차이로 빨리 회복한 모양이었다.

필사적으로 일어난 국방관 중 한 명은——사쿠마 대위였다.

그는 허리에 찬 홀스터에서 9mm 권총을 빼 들더니 덜덜 떨리는 손으로 유우=장착자 3호에게 총구를 향하려 했다.

"……너, 너는 미즈키가 아닌, 건가……?"

사쿠마는 지금 의심으로 가득한 눈으로 《장착자 3호》를 빤히 응시하고 있었다.

그렇다. 잘 보면 눈치챌 터이다.

선대인 미즈키 소령은 키가 크고 근육질이었다.

이치노세 유우는 깡마른 14살. 그 육체에 딱 들어맞게 장착된 결과, 3호 프레임은 이전보다 위로도 옆으로도 작아졌다.

목에 두른 성해포도 예전에는 없었던 장비다.

——삑. 전자음과 함께 유우의 시선 끝에 '스코프'가 나타났다.

그것은 사쿠마의 미간을 가리키고 있었다. 총을 빼 들었기 때문에 3호 프레임은 청년 사관을 공격대상으로 인식한 것이다.

이대로 지시만 내리면 간단하게 말살할 수 있다——.

'적이 침공한 상황에 무기로 선생님들을 협박하고, 수상조계를 좌우하려 한 사람들이야. 용서하면 또 같은 짓을 저지를지도

몰라.'

지금 여기서 배제하면 수상조계의 운영은 몹시 편해질 것이다.

그래서 아리야의 외삼촌은 음모를 꾸몄다.

실제로 지금도 사쿠마 대위는 권총의 방아쇠를 당기기 직전이었다. 유우는 오른손을 스윽 들어 올려 검지로 그를 가리켰다.

타앙! 가벼운 총성이 울렸다.

3호 프레임의 손가락 끝에는 압축공기 기관총이 내장되어 있다. 그 손끝에서 초경질 칼슘탄을 사출한 것이다.

물론 총구를 향한 젊은 국방관을 향해.

결코 빗나갈 리 없는 거리. 타이밍. 당연히 깔끔하게 명중하여——.

사쿠마는 멍하니 중얼거렸다.

"너는 대체, 누구지……? 3호 프레임은 선택받은 장착자인 미즈키가 아닌 다른 사람은 사용할 수 없을 텐데?!"

유우가 쏜 탄환은 그의 미간이 아니라 오른손에 들린 권총을 튕겨냈다.

쏘기 직전에 시선 입력으로 '스코프'의 위치를 옮긴 결과였다.

……사쿠마와 그 부하들의 죄는 명백하다.

쿠데타 미수. 요인살해 미수. 협박. 유괴. 기타 등등.

위험분자는 이유를 붙여서 배제하는 게 제일 안전하다. 나달 이사는 그것을 '합리적 판단'이라 말할 것이다.

하지만. 그렇지만.

……유우는 마음속으로 생각했다.

계속 고자세였던 군인들. 거칠고 살기등등하던 어른들. 조금 '다르다'는 이유만으로 상대를 배제하고 싶어 하는 사람들. 아인이나 아리야, 망명 엘프 현자들에게 무례한 짓을 저지르는 사람들.

(싫은 사람은 많아. 좋아할 수 없는 사람도 많이 있어.)

하지만 《장착자 3호》는—— 그 모든 사람을 지키고, 구원해야 하는 존재다.

그러니—— 유우는 음성변조 기능을 사용했다.

"내가 누구냐고 묻는 건가? 어리석군. 너 자신이 불렀을 텐데. 《장착자 3호》라고. 그것만 알면 충분해."

평소의 유우와는 다르게 조금 연기가 들어간 대사 선정.

도발적이고 조금 거만하다. 목소리도 다르다. 소년의 높은 목소리로도, 여성의 목소리로도 들리는 중성적인 톤으로 자신의 목소리를 조정했다.

그 목소리를 들은 군인들이 한층 경악했다.

"너, 너는 설마 여자——?!"

"글쎄. 보다시피 나는 가면을 쓰고 있어서 말이야. 《장착자 3호》가 남자인지 여자인지 같은 건…… 어느 쪽이든 상관없는 일이지."

곤혹스러워하는 사쿠마가 입을 다물었다. 유우는 말을 이었다.

"하지만 이것만큼은 '사람들' 앞에서 선언해두겠어."

칠흑과 황금의 가면 너머로 유우가 일동을 둘러보았다.

체격 좋은 국방관 몇 명 만이 부들부들 떨리는 몸으로 간신히

서 있다. 하지만 그 외엔 휴먼도 엘프도 쓰러진 채 《장착자 3호》를 올려다보고 있었다.

걸출한 왕에게 진심으로 경의를 표하며 몸을 내던진 것처럼.

"나는 사람들을…… 너희들을 지키는 자다. 이 손이 닿는 범위에 있는── 나보다 약한 사람들을, 최대한 온 힘을 다해서 구할 거야. 인간이든, 엘프든, 어떤 입장의 사람이든, 어디 출신이든, 어떤 과거가 있다고 한들."

여느 때의 유우에게서는 상상할 수 없는, 당당한 말투.

슬쩍 아인의 당당함을 의식해서 만든 말투는 스스로도 의외일 만큼 강인했고, 말은 자연스럽게 술술 나왔다.

"나는 내 얼굴도, 진짜 이름도 밝히지 않을 거다. 대신 나를 필요로 하는 이가──설령 가족의 원수라고 할지언정 반드시 구하러 가겠어. 지키러 가겠어. 가면을 쓴, '눈앞에 있는 모든 사람을 지키는 존재'로서."

그래. 친구의 원수라도, 타파해야 할 쓰레기라도, 연쇄살인을 저지른 사형수라 해도.

과거 아인이 했던 말대로, 선악은 더없이 표리일체이니까.

(나도 마이즈루에서── 죽기 직전의 상태였던 타케다가 목숨을 구해줬어.)

유우와 이쥬인을 잔뜩 괴롭혔던 타케다 병장.

그는 죽기 직전, 마지막 힘을 쥐어짜서 유우를 트롤에게서 구해주었다.

인간의 선과 악을 정하고 처벌하는 건 자신이 아니다.

이치노세 유우라는 개인을 뛰어넘은 《장착자 3호》로서, 눈앞에 있는 사람이 누구든 힘닿는 한 구할 뿐이다.

"따라서 나는 너희들 **쌍방**의 아군이야."

"쌍방이라고?"

어리둥절한 사쿠마에게 유우는 고개를 끄덕였다.

"그래. 엘프 선생들도 지키고. 인간들도 지키고. 대신, 어떤 충돌이 있다고 한들 《장착자 3호》 앞에서 싸우는 건 용서하지 않을 거다. ──이사. 국방군의 그들에게 하고 싶은 말이 산더미처럼 있을 테지만, 나중에 해줘."

지명을 당한 나달 이사는 느릿느릿 일어났다.

아직 회복되지 않아서 그런지 로봇처럼 딱딱한 움직임이었다.

유우는 이제 그의 기행에 머뭇거리지도 않고 《장착자 3호》로서 말했다.

"그들의 신병은 당분간 내가 맡겠다. 그동안 쓸데없이 손을 대지 말도록."

"……알겠습니다. 모든 것은 《하늘의 왕》께서 바라시는 대로."

에둘러 '죽이지 마라'는 메시지를 담아 통보했더니──.

나달은 공손히 머리를 숙였다. 마치 아인에게 '신하의 예'를 갖출 때처럼, 역시 궁정에서 일했던 사람답다는 말이 나올 만큼 유려하게.

"하늘의 왕이라니── 나 말이야?"

"예. 당신께선 본래 공중전 드로이드의 왕. 더해서 지금 말씀하신 내용은 말 그대로 왕의 인덕을 체현한 듯하였습니다. ……그

옛날, 저희의 여왕께서 남기신 말씀들을 생생히 떠올렸습니다."

"흐음. 엘프의 왕은 그런 느낌이었군."

"지상 세계에도 같은 개념이 존재합니다. 노블레스 오블리주. 커다란 힘에는 커다란 책임이 따르는 법……."

"두 번째는 조금 틀렸는데. 옛날 영화에서 본 적이 있어."

망명 엘프 요인에게 반말로 지적하는 행위.

이치노세 유우가 아니기 때문에 가능한 일이다. 그 흐름에 맡겨 유우는 국방군의 잔존병들에게 말을 걸었다.

"자, 허가가 나왔어. 너희들도 빨리 제자리로 돌아가."

큼직한 움직임으로 바깥──전망 살롱 밖에 펼쳐진 하늘을 가리켰다.

호박색 오로라는 여전히 건재하다. 띠 모양으로 흔들리는 요사스러운 빛이 조계의 하늘을 가득 채우고 있었다.

"적이 코앞까지 와 있다. 동료를 지킬 마음이 있다면──나와 함께 싸워라!"

날카롭고, 지시를 내리는 것에도 익숙한 목소리.

새로운 《장착자 3호》는 무척 가녀린 몸에 중성적인 목소리와 자세로 남자인지 여자인지도 불분명하다.

하지만 이 자리에 있는 누구보다도 당당하고 품격이 있었다. 존재감으로 가득했다.

구세의 영웅에 어울리는 모습과 말이었다.

3

와카야마만 한복판에 '성'이 있다.

수정을 재료로 세운 이세계 파람의 궁전. 이런 거대한 건축물을 실은 연꽃 모양의 받침대가 물에 가라앉지 않고 둥둥 떠 있다.

연못 위에 연꽃이 떠 있는 모습과 참으로 흡사했다.

궁전은 최근 보름 정도 바다 위에 흔들흔들 피어오르는 신기루의 형태로 수상조계 '나유타'에서도 보이는 위치에 진을 치고 있었다.

하지만 1시간 전. 수정궁의 환영이 실체화하여 하늘 위에 오로라가 나타났다——.

"우후후후. 스카르샹스의 군단이여…… 지금이 바로 출진할 때. 나를 위해 날뛰고, 죽이고, 불을 쏘아라!"

수정궁의 정원을 내다볼 수 있는 발코니에서 아름다운 소녀가 미소 짓고 있었다.

대마법사, 사자자리의 스카르샹스였다.

휴먼으로 따지면 12, 13살 정도의 어린 외모.

하지만 그 입술은 흉악한 격려를 뱉었고, 미려한 눈동자는 출진하는 부하 병사들을 만족스럽게 내려다보고 있었다.

——먼저 정원에서 고블린들이 뛰쳐나갔다.

작은 기구에 매달린 공수부대. 스카르샹스가 불러낸 마법의 바람이 그들을 연신 하늘로 데려갔다.

마법으로 상승기류를 일으켜 바람을 수상조계로 향하게 했다.

——비늘로 뒤덮인 반어인 머포크도 많다.

수정궁을 실은 연꽃 받침대 끝에서 바다로 뛰어든 그들은 삼지창을 들고 물속에서 조계로 향했다.

──하늘을 나는 마수 중에서도 특히 강대한 종족인 드래곤도 있다.

백룡족 중에서 골라온 근위들. 그 숫자는 무려 8마리. 하얀 용들은 드래곤족에서는 몸집이 작은 종족이다. 하지만 스카르샹스의 안목에 들어갈 만큼 다들 민첩하고 재치 있는 젊은 용들이었다.

──그리고 비장의 권속도 소환 중이었다.

사자자리의 스카르샹스는 수정궁의 높은 곳에서 광활한 바다를 응시하며 마무리 주문을 외치는 중이었다.

"지금에야말로 돌아라, 선화륜(旋火輪). 알라타자크라의 신묘한 고리여! 작열하는 멸망을 세계에 불러오기 위해──!"

소녀가 바라보는 바다의 표면이 크게 솟아올랐다.

격렬하고도 사납게 분출되는, 작열하는 용암류──.

스카르샹스는 위험도 A의 마법을 순식간에 준비하여 동시에 여러 개씩 날릴 수 있다. 그토록 뛰어난 술사가 정성과 시간을 들여서 바다 밑에서 불러낸 위협이었다.

타앙! 타앙!

총성이 끊임없이 울려 퍼졌다.

수상조계 '나유타', 그 항만 에어리어는 또다시 전장이 되어 있었다.

바다에서 올라오는 반어인 '머포크'와 하늘에서 기구를 타고 날아오는 '고블린 공수부대'.

다 합쳐서 1,000마리가 넘는 하늘과 바다의 크리처 군단.

물가로 달려온 시민병 400여 명이 맞서 싸우고 있다. 사격에 자신이 있는 자는 하늘을 나는 기구를 적극적으로 노렸다. 하지만 이미 상륙한 머포크의 수도 많았고 고블린 부대의 지상 착륙도 전부 다 저지할 수는 없었다──.

수적으로 열세인 시민병 측은 바리케이드로 숨으면서 총을 쏘았다.

테러 경비에도 사용되는 이동식이다. 이걸 항만 에어리어의 여기저기에 설치하여 그 뒤쪽에서 쏴대고 있다.

시민병 중 많은 이들이 러시아산 AK47을 카피한 자동소총을 장비하고 있었다.

단순한 구조와 뛰어난 실용성으로 유명한 총이다. 이걸 수상조계의 공방에서 복제하여 시민군 등록자에게 무료로 배포했다.

거리에 강력한 화기가 늘어나면 치안이 나빠지게 된다.

하지만 지금은 그래도 크리처에 대항할 수 있는 태세를 갖춰야 한다──.

삼지창을 든 머포크에게 7.62mm탄이 쏟아졌다.

위력이 강한 탄환이기에 딱딱한 비늘에도 예전만큼 고생하는 시민병이 적었다. 고블린들도 잇달아 사살해나갔다. 하지만.

"아군의 수가 너무 부족합니다!"

시민군에서는 전임 무관인 시바가 한탄하고 있었다.

시바는 바리케이드 뒤로 숨어서 전투에 참가 중이었다. 하지만 총은 쓰지 않았다.

농구공만 한 크기의 구체에 프로펠러와 기관총을 단 기계——군용 드로이드를 전용 컨트롤러로 원격조작하고 있다.

하늘에서 들이닥치는 고블린 부대를, 기구를, 같은 하늘에서 쏜다. 쏜다. 쏜다.

"이게 싫어서 군대와 연을 끊은 건데……!"

"그래도 실력이 좋은데? 시바, 당신을 얕보고 있었다!"

칭찬하는 아인은 새 총으로 연달아 전과를 올리고 있었다.

20식 소총——. 89식을 대신하는 국방군의 새 장비로서 몇 년 전부터 배포되기 시작한 총이다. 하지만 보급이 느려서 아직 구형을 쓰는 곳이 더 많았다.

89식보다 총신이 조금 짧고 물로 인한 부식에 강하다.

바다로 둘러싸인 조계에는 딱 맞는 총이지만 아인은 눈썹을 찌푸렸다.

"벌써 탄환이 다 떨어졌군. 시바, 당신의 총과 예비 탄환을 가져가지."

"마음대로 쓰십쇼! 어차피 제가 쏴 봤자 제대로 명중하지 않으니까요!"

시바가 옆에 던져놓고 있던 AK47 카피.

아쉽게도 탄환만 가져가봤자 아인의 총에서는 사용할 수 없다고 한다. 그걸 슥 들어 올려 고블린의 미간을 저격했다.

"그러고 보면 말씀드린 적이 없었던가요? 저희와 같은 총을 쓰시는 게 탄환 규격이 똑같아서 편리하다고……."

"들었다. 하지만 사양하지."

아인은 새 표적을 쏴 맞히면서 중얼거렸다.

"다른 이와 똑같이 맞춘 무기를 쓰는 건 설렘이 없지 않은가. 나는 전장에서도 남들과는 다른, 세련된 무장을 하고 싶다."

"전장에서 독창성을 찾지 말아 주세요!"

"……잠깐, 시바. 역시 이쪽에도 병사를 보낸 건가."

등 뒤를 돌아본 아인이 눈썹을 찡그렸다.

많은 시민병이 바리케이드 뒤에 숨어 바다 쪽에서 오는 머포크, 고블린을 총알로 밀어붙이는 중이었다.

하지만 그 뒤쪽——시민군의 등 뒤를 찌를 수 있는 위치에.

어느새 적 부대가 나타나 있었다!

멧돼지와 비슷하게 생긴 얼굴과 거구를 지닌 트롤 병사가 약 500마리. 다들 검은 갑주에 전투 도끼를 장비한 모습은 한눈에 봐도 강인한 병사라는 게 느껴질 만큼 용맹했다.

심지어 하늘 위를 화이트 드래곤 몇 마리가 날아다니고 있다.

시바가 머리를 부여잡았다.

"왜 저런 곳에 적이?! 심지어 드래곤까지?!"

"전이 마법으로 보낸 거겠지. 달바의 대마법사에겐 어렵지 않은 일이다. 그리고 적군을 앞뒤로 협공하는 전술은 전쟁의 상투 수단——."

아인은 '타앙!' 하고 AK47 카피를 쏘았다.

트롤 병사 중 한 명, 그 갑주를 꿰뚫었어야 할 총알은 **마법**으로 튕겨 나갔다. 《프로텍션 프롬 미사일》이다.

익숙한, 그리고 인간 측에게는 성가시기 짝이 없는 방어마법.

마법을 잘 쓰는 요정족다운 면모를 보이는 트롤들. 어떤 이는 '씨익' 비웃으며, 어떤 이는 사납게 우짖으며 달려 나갔다.

빈약한 휴먼에게 달려가 전투도끼를 휘둘러, 베어 죽이고 때려 죽이기 위해!

"시바. 검이든 창이든 좋다. 다른 무기를 들어!"

"그러니까 저는 그런 걸 못 다룬다니까요!"

큼직한 쿠크리를 빼 드는 아인. 질타를 듣고 울상이 된 시바.

많은 시민병이 절망을 드러내며 효과가 없는 총알을 트롤에게 쏟아부었다. 혹은 익숙하지 않은 접근전에 대비해 군용도나 삽 같은 무기로 손을 뻗었다――.

적은 신장 3m 전후의 트롤들.

규격 외의 체격과 근력, 전투도끼에 유린당하며 사람들이 속수무책으로 죽어 나갔다.

"끄아아악?!"

"모처럼――모처럼 바다 위까지 도망쳤는데!"

"누가 좀 살려줘! 이대로는 우리 다 죽을 거야!"

여기저기에서 피보라가 솟구치기 시작했을 때.

칠흑과 황금의 전사가 노란색의 성해포를 휘날리며 항만 에어리어의 상공에 나타났다. 음속 비행으로 도착한 《장착자 3호》는 말 그대로 바람처럼 날아왔다――.

"왔구나, 유우!"

아인은 당연히 알고 있었다.

이치노세 유우가 센트럴 타워에서 한 이야기를 처음부터 끝까지. 그가 단순한 전사를 넘어서는 존재로서 걸음을 내디뎠다는 것을.

나노 머신을 통한 정보연결 덕분이었다.

아인은 드로이드 연성의 가스펠 코드를 읊었다.

──그대, 마음의 월륜(月輪)에서 금강의 형상을 떠올려라.

──깨달은 자가 말하노니. 자신의 월륜 속에서 금강을 보라…….

3호 프레임이 커맨드 워드를 수신했다.

헬멧의 헤드 마운티드 디스플레이 위에 영어 글귀가 표시되었다.

『Mantra Server Startup Complete. All PRAJNA Running.』『System Now Booting, Spellbook "VAJRA-SEKHARA SUTRA"….』

역시 운명의 파트너. 부탁하기도 전에 유우의 의도를 알아차렸다!

"고마워, 아인. 먼저 지난번의 녀석을 쓰겠어!"

『알았다!』

항만 에어리어의 상공에──《장착자 3호》로서 자리를 잡은 유우.

공중에 우뚝 정지하더니, 전장의 한복판인데도 불손하게도 팔짱을 끼고 가변 나노 입자의 빛을 전신에서 방출했다.

극소형 사이즈의 입자들이 확장 드로이드로 변화해갔다.

무시무시하게 긴 손톱이 달린 로봇 암《MUV 클로 건틀릿》.

풀아머일 때는 양쪽 팔에 하나씩 장착한다. 하지만 지금은 고작 수십 초 만에 구축된 기체 수가── '3,696'.

팔짱을 낀 3호 프레임 주위에 3천이 넘는 로봇 암이 나타난 것이다.

『현실 천수관음이잖아! 대박인데!』

정보연결을 통해 날아온 이쥬인의 목소리.

친구가 감탄하는 것도 당연했다.

팔짱을 낀《장착자 3호》를 중심으로 '팔'들이 방사선형으로 뻗어 나가 몹시 거대한 동그라미를 그리고 있다. 심지어 구름 사이로 스며드는 햇빛을 받으며 검은 아수라프레임의 갑주가 황금색으로 빛나자──.

그에 호응하듯 3천이 넘는 확장 암 부대까지도 전부 황금색 빛을 둘렀다.

장엄하기까지 한 광경의 중심에서 유우는 중성적인 미성으로 외쳤다.

"트롤에게는 총이 통하지 않는다. 그쪽을 상대해줘!"

3,696개의 '팔'들이 일제히 움직이기 시작했다.

금색으로 빛나며, 얼핏 검으로 보일 정도로 긴 손톱이 달린 로봇 암. 그것들이 들쥐를 사양하는 독수리처럼 잇달아 지상으로 급강하하더니——.

트롤의 목이며 머리통을 우그러뜨렸다. 짓누르면서 손톱을 세웠다.

다섯 개의 손톱으로 검술처럼 베고 찌른다. 근접전으로 이루어진 화려한 참격과 찌르기로 대형 요정들을 상처투성이로 만들어 매장했다.

……이 화려한 싸움이 눈에 띄지 않을 리가 없다.

시민병들은 거구의 트롤에게 유린당하기만 했다.

전투 도끼가 머리를 찍어누르기 직전에 살아나 멍하니 얼굴을 들어 올리는 자——.

바리케이드 뒤에 숨어 총을 쏘면서 하늘에 나타난 황금색 빛의 고리를 거듭 쳐다보는 자——.

날아다니는 '팔'이라는 지원군의 정체를 깨닫고 용기가 솟아난 자——.

"장착자…… 3호?"

"역시 왔어! 정말로 부활했었구나!"

"3호의 드로이드 부대라는 그거지?! 아직 어떻게든 될 거야!"

게다가—— 드로이드 말고도 다른 지원군도 왔다.

조금 전 《장착자 3호》의 호령을 들은 쿠데타 부대. 국방군의 장갑차, 군용 트럭, 경장갑 기동차 등에 나누어 탄 그들이 최전선으로 달려왔다.

총알이 통하지 않는 트롤은 그대로 차를 들이박아 날려버렸다. 치어 죽였다.

비늘이 단단한 머포크도 중기관총으로 순식간에 사살했다. 하늘에서 떨어지는 고블린 부대도 기구째로 쏴서 추락시켰다.

이런 군용차량을 타고 온 전투원도 있었다.

자동소총이나 n형 엑소프레임 등을 장비한 국방관 정예부대가 전장에 쏟아지자——.

형세가 바뀌기 시작했다. 유우는 하늘에서 내려다보며 깨달았다.

"3호의 출력에…… 아직 여유가 있어……."

허리에 찬 벨트의 작은 바퀴형 동력원《프레이어 휠》.

키잉키잉 소리를 내며 빠르게 회전하면서 막대한 양의 전력과 마력을 발생시키고 있다. 지금도 3천 기의 확장 암을 원격 조작 중이다. 하지만 인간으로 따지자면 기껏해야 '신발 속에서 새끼발가락을 움직이는' 정도의 노력일 뿐이었다.

그때 아인에게서 메시지가 날아왔다.

『유우! 프레임에 내장된 나노 입자도 회복되고 있다!』

"정말이네. 0의 갯수가 어마어마해——헉, 7조?!"

『아무래도 컨디션을 회복한 모양이군…… 하하. 당신은 전보다 더 대단한 전사가 되었어. 자랑스럽다!』

"……아수라프레임이 나에게 보답해준 것뿐이야."

강화 수트의 모습을 한 인조 마신. 기계와 생명체의 하이브리드.

그렇다 보니 장착자의 정신과 밀접하게 동조한다——. 최근 있었던 컨디션 난조는 머뭇거리는 이치노세 유우의 '마음'에 3호 프레임이 맞춰준 결과였던 거다.

자연스레 깨달은 유우에게 아인이 말했다.

『지금이야말로《팬더모니엄》의 문을 완전히 개방할 때. 하늘과 폭풍의 왕을 모시는 마물을 마음껏 소환하도록!』

"이쥬인이 자주 말하던——최대 5만기의 드로이드 부대 말이지. 좋아, 하자!"

『그, 그걸 마침내 전개하는 거야?!』

아인과의 정보연결에 이쥬인도 가세했다.

위치 좌표를 확인. '친우'는 지금 센트럴 타워의 연구소에 있다. 마침 잘됐다. 유우는 빠르게 말했다.

"하지만 분명히 나 혼자서는 전부 통솔하지 못하는 규모가 될 거야. ……그러니까 이쥬인, 미리 부탁했던 그거 해 줘."

『뭐, 뭔데?!』

"나는《장착자 3호》로서——날아다닐게.《팬더모니엄》의 드로이드는 그쪽에서 제어해줘."

『하늘의 왕에게는 부관이 필요하다…… 그런 건가.』

뭔가 이해가 갔다는 듯 대답하는 이쥬인. 차분한 분위기가 전해졌다.

『맡겨둬. 내가 어시스트할게. 너는 눈앞에 있는 적에 집중해!』

『유우—— 아니, 3호 선배. 센트럴 타워에 화이트 드래곤이 8마리나 접근 중! 성의 본체를 침공할 기세로 쳐들어오고 있어요!』

아리야의 보고에 유우는 즉시 대답했다.

"알았어. 그쪽도 어떻게든 할게."

『좋아! 나츠키 씨도 드래곤 퇴치에 도전해보실까!』

『그럼 아리야는 선배들을 각각 돕겠습니다!』

『맞다, 유우 군. 아까 그 말투 멋지던데! 무사히 싸움이 끝나면 상으로 또 '부비부비'해줄게!』

『……간과할 수 없는 발언이군. 나츠키, 나중에 자세히 보고해라!』

나츠키에 아인도 더해진 정보연결의 고리.

떠들썩한 대화를 들으면서 유우는 생각했다.

보잘것없는 이치노세 유우라는 개인을 뛰어넘기 위해 가면의 존재가 되었다. 그걸 동료들이 다들 지지해주고 있다.

즉 여기에 있는 전원이 《장착자 3호》라고도 할 수 있는 것이다.

그렇다면 미덥지 못한 자신을 넘어서는 것도──.

"쉬운 일이지! 부탁할게, 3호 프레임……. 진짜 이름인 루드라에 걸고, 네 군단을 해방해!"

유우는 《장착자 3호》의 목소리로 자신의 분신에게 말을 걸었다.

4

"우와. 뭐야, 이 수치는……."

이쥬인 타카마루의 눈이 휘둥그레졌다.

"3호 프레임의 프레이어 휠, 발전량이 어마어마한데. 매초 3기가줄……. 그리고 '프라나'라는 단위는 마력이었던가. 이쪽도 매초 7만 프라나. 진짜 선대 3호가 기록한 데이터를 압도적으로 능가하잖아……."

　센트럴 타워 25층, 자율구동식 드로이드 연구소.

　쿠데타 발발 중 이쥬인은 비밀의 방에 몸을 숨기고 조마조마
해하면서 나노 머신을 이용해 해킹으로 정보를 모았다.

　하지만 사건은 수습되었고, 이번에는 크리처 군단과의 대규모
전투.

　이쥬인은 급히 연구소의 테스트룸으로 달려갔다.

　상사인 시바가 자주 드로이드 동작 실험을 하는 장소. 물건
이 거의 놓여있지 않아서 3D 홀로그램을 전개하기 쉽다.

　"어디 보자, 3호와 관련된 모든 데이터와 조계의 지도, 공중
촬영 영상, 아군 부대의 위치, 아무튼 필요해 보이는 건 전부 꺼
내줘!"

　나노 이식자인 이쥬인이 손을 휘두르고, 눈짓을 보내고, 입으
로 말하자 2D 화면이나 3D 입체영상이 잇달아 허공에 투영되
었다.

　몸속의 나노 머신이 현자들의 손목시계, 웨어러블 PC 대신 기
능하는 것이다.

　"이 에너지로 드로이드 부대를 구축――하지만 종류가 너무
많아서 뭘 꺼내야 하는 거지?!"

　『이쥬인. 시바가 지시를 내리고 싶다는군. 연결해주지.』

　"아인 님?!"

　『――이쥬인. 내 쪽에서 고른 기종과 기체 수 목록을 방금 아
인 씨를 경유해서 보냈어! 참고해!』

"감사함다!"

이쥬인의 눈앞에 새 창이 허공에 표시되었다.

그곳에 적힌 목록대로 친우——《장착자 3호》와 정보연결을 통해 3호 프레임 《루드라》와 교신했다.

더 정확하게 말하자면 그 흉부에 내장된 회색의 비석(秘石)과.

"이게…… 《아르스 마그나 유닛》. 드로이드 연성의 핵심 아이템…… 부탁한다!"

오더를 내리는 이쥬인의 오른쪽 손바닥에 고리 모양의 빛이 떠올랐다.

"가, 감사합니다. 아인 씨!"

"아니다. 당신의 PC라는 녀석을 내 나노 머신에 동조시킨 것뿐이니."

연상인 시바에게 깍듯한 말을 들어도 아인은 개의치 않아 했다.

땅바닥에 양반다리를 하고 앉은 시바. 그 무릎 위에 놓인 노트북에 아인은 조금 전 오른손을 뻗었다. 그것만으로 아인의 몸속에 있는 나노 머신과 연결시킨 것이다.

그 후엔 시바가 급히 파일을 만들어서 전송——.

"다들 자신이 할 수 있는 일을 하고 있군. 그렇다면 내가 해야 할 일은……."

깊이 숨을 들이마시고 두 눈을 감은 후 정신통일.

시야의 모든 것이 어둠으로 가득 차오른다. 한창 전투가 치러지는 도중이지만 불안하진 않았다.

시민군의 유지, 전직 국방군의 병사. 무엇보다 이치노세 유우의 명령을 받은 《MUV 클로 건틀릿》이 여기저기에서 분전하고 있다.

거한의 요정족은 그 수가 많이 줄어들었다.

처음에는 트롤 병사를 우선적으로 노리던 건틀릿들도, 지금은 이제 고블린, 머포크도 공격하며 간단히 섬멸 중이다.

손가락 끝에서 압축공기 기관총을 연사하며 손바닥에서는 전자열방사를 뿌렸다.

팔뚝처럼 생긴 드로이드들이 숨기고 있던 원거리 무기가 어마어마한 기세로 적 크리처를 사살해나갔다.

그렇다면 손수 무기를 쥐는 것보다, 여왕이 해야 할 일은──.

아인은 등을 곧게 펴고 낭랑하게 노래하기 시작했다. 배 속 깊은 곳에서 끌어올린 미성은 하늘에마저 닿을 듯한 시가가 되어 《하늘과 폭풍의 왕》에게 바치는 구절이 된다!

가 버린 자여, 가 버린 자여, 이 세상 저편까지 가 버린 자여!
완전한 도달자여, 그 각성에 행복 있으라──!

"아인의 가스펠이다!"

유우의 허리에서는 프레이어 휠이 빠르게 회전하고 있었다.

그 회전음이 노랫소리가 된다. 기도의 고리에 깃든 고승들의 영혼이 노래하는 것이다.

GateGateParagate──. ParasamgateBodhisvaha──.

GateGateParagate——. ParasamgateBodhisvaha….

그것은 여자와 남자의 목소리가 뒤섞인 장엄한 합창이었다.

……그리고 가변 나노 입자가 한층 더 대량으로 살포되기 시작했다.

호박색으로 흔들리는 오로라와 두꺼운 구름이 가득 낀 하늘. 구름 틈새로 태양의 빛이 떨어져 내려와 황금빛의 악센트가 더해질 때도 있다.

그런 요사스러운 하늘을 뒤엎을 정도로——.

지금 방출되는 가변 나노 입자는 그 양이 어마어마했다.

고속으로 날아가는 3호 프레임에서 살포되는 입자, 여태까지와는 비교도 되지 않을 만한 규모의 빛이 조계 전역으로 퍼져 나간다.

물론 입자의 빛은 순식간에 드로이드로 변했다.

——이전에도 사용했던 《MUV 차크람》이 1만 대. 직경 40cm의 금속 고리이지만 그 가장자리는 톱같이 생긴 칼날이다.

자율적으로 비행하는 '하늘을 나는 원반'이 각 방면으로 날아갔다.

하늘, 지상, 바닷속으로 흩어진 크리처를 찾아내 토막토막 찢어놓기 위하여.

——역시나 사용한 적이 있는 《MUV 클레이 돌》. 높이 1m, 커다란 머리 부분과 두 눈이 특징적인 인형형 드로이드. 움직이지 않는 팔다리는 극단적으로 짧다.

이것이 5천 대. 다리는 사용할 수 없어도 반중력 리프터로 자유롭게 날아다닌다.

본래는 경비나 전투 임무를 맡기는 기종이지만, 이번에는 위험한 상황인 아군에게 달려가 지원하는 역할을 받았다.

또 이리저리 흩어지는 클레이 돌 부대를 따라가는 소형 드로이드도 있었다.

——《MUV 히포크라테스》 2만 대. 트럼프처럼 얇은 카드형 드로이드. 부상을 입은 아군을 발견하면 그 흉터나 다친 부위에 달라붙는다.

지혈 · 소독 · 약 투입 등 전장에서 응급처치를 담당하는 의료용 드로이드였다.

그 외에 대형 드로이드도 있었다.

『이 녀석들은 타워 쪽으로 돌릴게! 이쪽은 드래곤의 공격을 받아서 난리니까——으어어억! 지금 창문 바로 밖을 하얀 놈이 날아갔어!』

"네게 맡길게, 이쥬인. 엘프 선생님들을 잘 부탁해."

3호 프레임 《루드라》를 모시는 공중전 기기 중에서도 특히나 커다란 녀석들.

——《MUV 퍼펫 암》. 거대한 로봇의 팔을 팔꿈치부터 잘라내 하늘을 나는 사역마로 바꿔놓은 것 같은 녀석이다. 전투기와 거의 비슷한 사이즈였다.

이것이 6대. 조계의 중심부로 로켓처럼 직진해갔다.

——《MUV 사일런트 랩터》도 여섯 대.

이쪽은 예각을 그리는 형태의 전투기 그 자체다. 단 기체 전면에 두 개의 다목적 암이 '팔'처럼 달려있는데, 그 오른팔에는 핸드 액스까지 들고 있다.

전투기 모양이면서도 추가 무기를 손에 장비하고 백병전까지 해낸다.

그리고 은근히 도움이 되는 기종도――.

"여기에 위험한 사람이 있구나."

유우의 시야에 갑자기 나타난 창.

공중촬영 드로이드 《MUV 범블비》도 1,000대 정도 구축되어 조계 내부로 흩어져 하늘에서 영상과 정보를 모아주고 있다. 그 중 하나가 보고했다.

위치를 확인. 유우는 급강하했다.

외곽 블록의 시가지에 89식 소총을 쏴대는 중년의 남자가 있었다.

"으아아아아아아아악!"

남자 한 명밖에 없다.

최전선에서 도망쳐온 건지, 고군분투 중이었던 건지. 절호의 먹잇감을 발견한 고블린 무리에게 발견되어 반쯤 장난감 취급을 받으며 쫓기고 있던 모양이다.

필사적으로 자동소총을 쏘며 고블린 무리의 절반 정도를 쓰러뜨렸지만.

"제, 젠장."

허망하게 탄환 고갈. 중년의 남자는 혀를 찼다.

총성이 나지 않는 것을 확인한 고블린들은 히죽히죽 비웃으면서 짧은 활에 독화살을 걸었고——.

유우는 늦지 않게 그곳에 도착했다. 활짝 펼친 오른손을 앞으로 뻗었다.

다섯 개의 손가락에 내장된 기관총으로 초경질 칼슘탄을 발사했다. 그 연사에 맞은 적 고블린 무리를 일소. 구조를 완료했다.

유우는 새로운 《장착자 3호》의 중성적인 목소리로 고했다.

"다음에도 구할 수 있을지는 모르지만, 당신이 무사해서 다행이야."

"3——3호!"

이 자리에서 해야 할 일은 이미 완수했다.

다른 곳으로 날아가려고 했을 때, 급박한 목소리가 불러세웠다.

유우는 깨달았다. 지금 구한 사람은 전에 본 적이 있다. 며칠 전 전투 직후에 술을 마시며 《장착자 3호》를 매도했던 남자였다.

이번에는 코앞에서 욕설을 듣게 될 거라 생각해 긴장하고 있었더니——.

"당신, 정말로 **돌아온** 거구나⋯⋯."

"⋯⋯그래."

남자가 '살아있었다'고 했다면 유우는 부정했으리라.

아마도 무의식중에 고른 말. 술에 취해 자포자기했던 중년 남자는 아무렇게나 기른 수염에 후줄근한 군복을 입고 무척 지저분했다.

하지만 지금 《장착자 3호》를 바라보는 눈동자는 신기하게도 맑았다.

"기억 안 나? 나는 전에도 당신이 구해줬어. 비가 엄청 쏟아지는 날에……."

구국의 영웅에게 보내는 동경이 얼굴에 선연했다.

그가 《장착자 3호》를 헐뜯은 것은 한때 믿고 동경하던 존재에게 배신당했다는 상실감 때문인 것이다. 아마도.

유우는 음성변조기 너머로 말했다.

"가능하다면 또 달려오지. 약속은 못 하지만. ——아. 이미 체력이나 무기가 한계에 도달했다면 어딘가에 숨어있도록 해."

"……아니."

그가 단호하게 말했다. 술에 빠져 사는 남자답지 않게 산뜻한 목소리로.

"어딘가에서 탄환을 보충하고 조금 더 버텨볼게. 당신도 갈 거지?"

대답하는 대신 유우는 가볍게 손을 흔들었다.

직후에는 이미 하늘 높이 급상승. 그리고 생각했다. 그토록 망가져 있던 남자가 조금 기력을 되찾아 《장착자 3호》에게 존중을 표해주었다.

아마 이것도 영웅이라는 존재가 지닌 힘인 것이다.

『3호 선배! 바다——《포털》쪽을 주목해주세요!』

"이건…… 설마 거인?!"

아리야의 보고와 공중촬영 영상이 동시에 도착했다.

수상조계 '나유타' 근해에 떠 있는 수정으로 된 마의 성. 바로 옆에 있는 해수면에서 힘차게 분출되던 용암 기둥이—— '거대한 사람'으로 변화해갔다.

부글부글 끓어오르며 붉게 작렬하는 용암이 그 거인의 육신을 형성하고 있다.

얼굴에 해당되는 부분에는 세 개의 동공이 있었다. 아마도 '두 개의 눈과 입'을 표현하는 모양이었다.

흐물흐물 움직이는 용암 거인. 하반신은 바다 밑으로 내려가 보이지 않았다.

거인의 초고열에 바닷물이 증발하여 허리 부근에 수증기가 모락모락 피어오르고 있었다. 그리고 상반신── 허리에서부터 머리까지만 재 봐도 높이 118m로 계측되었다.

어지간한 빌딩은 범접할 수 없을 만큼 크다!

『크리처명, 식별 불가능! 무척 레어한 몬스터거나, 성의 대마법사가 만들어낸 오리지널 사역마일 거예요.』

정보연결 너머로 아리야의 조급함과 긴장마저 전해졌다.

『우선 라바 자이언트로 임시 등록한 뒤에 대응하겠습니다!』

"알았어. 나는 그쪽으로 갈게."

타오르는 용암 거인의 출현──.

원래는 센트럴 타워의 드래곤 퇴치를 도우러 갈 생각이었으나. 반중력 리프터로 초가속을 하며 유우는 수상조계의 밖으로 날아갔다.

중앙 블록에서도 중심부.

센트럴 타워와 대형 인조 프레이어 휠은 높이 300m와 60m

로, 조계의 문명 생활을 지탱하는 최중요 고층 건물이다.

가장 먼저 제압, 혹은 파괴해야 하는 공격목표인 셈이다.

당연히 여기에는 '화이트 드래곤'이 8마리나 달려들었고——.

"이쥬인 선배. 타워와 휠의 방어는 아리야 쪽에서 담당할게요!"

"그래, 부탁할게! 아무래도 조계 전역에 보낸 드로이드를 '지휘'하면서 막으려면 손이 부족하거든……!"

드로이드 연구소에 달려온 아리야의 말에 이쥬인은 크게 기뻐했다.

본래 빈 공간으로 가득하던 테스트룸은 **엄청난** 꼬락서니가 되었다. 모든 공간에 2D 영상과 3D 홀로그램이 투영되어 있었다.

그 한복판에 퉁퉁한 이쥬인 선배가 앉아있다.

시선의 끝은 바닥. 거기에는 수상조계 '나유타'를 높은 하늘에서 촬영한 영상이 표시되어 있는데, 적과 아군의 분포를 가리키는 빛의 점도 여기저기에 흩어져있었다.

드로이드와 크리처의 기종·종족마다 색이 다른 빛의 점.

각각 명칭도 표시되어 있지 않다. 보통 사람에겐 너무 적은 정보량일 것이다. 반대로, 넓은 실내 가득 펼쳐진 창이나 홀로그램은 정보 과다 상태다.

하지만 이쥬인 선배는 전부 파악할 수 있는 모양이었다.

"……의료부대는 이쪽 방면을 집중적으로 보조해줘. 천수관음팀은 외부 시가지로 흩어져서 시내에 숨어든 적을 각개격파."

어느새 준비한 건지 지휘봉으로 위치를 가리키며 명령하고 있다.

나노 대응 기기라면 즉석에서 능력치를 파악할 수 있는 선배이기 때문에 해내는 기술.

그 모습에선 오케스트라를 통솔하는 지휘자나 장기판 앞에 앉은 기사 같은 분위기마저 느껴졌다.

아리야는 무심코 입을 놀렸다.

"선배……. 토실이 캐릭터인데 좀 멋있어요!"

"너 말이야! 비만 체형을 무시하지 마. 뚱보 차별 결사반대!"

한편 테스트룸의 창문 밖에서는——.

이질적이기 그지없는 것들이 공중전을 펼치고 있었다. 하늘을 나는 8마리의 드래곤 vs 하늘을 나는 거대 로봇 팔과 전투기 팀의 대결이다.

아리야는 급히 창문으로 가더니 대형 드로이드들과 링크했다.

……적 크리처, 등록명 《화이트 드래곤》. 용족 중에서는 평균 15m 전후의 아담한 체구를 지녔다.

하지만 그만큼 비행 속도가 특출나게 빠르고, 아무튼 민첩했다.

전에 봤던 레드 드래곤도 제비처럼 날아다녔다. 하지만 하얀색 친척은 그보다 더 가볍고 아크로바틱했다.

……검은색 전투기형 드로이드 《MUV 사일런트 랩터》.

백룡을 후방에서 쏘기 위해 쫓아간다. 쫓아간다. 하지만 등 뒤에 도착한 지 1초도 안 되는 시간 후에는 이미 허무하게 표적을 잃어버린다——.

드래곤은 마수의 감으로 위기를 알아차리며 어마어마한 속도의 공중회전을 반복했다.

그리고 순식간에 《MUV 사일런트 랩터》의 바로 뒤로 돌아 들어갔다.

드래곤의 입에서 콜드 브레스가 쏘아져 나갔다. 얼음 파편이 섞인 초냉각 바람으로 먹이의 체온을 빼앗고 동사로 몰아넣는다.

각국의 공군 파일럿과 전투기를 수도 없이 매장해온 백룡족의 주특기다.

……미사일을 시작으로 한 사정거리가 긴 화기, 초음파 등 현대지구의 기술로도 이세계의 드래곤을 사냥하는 건 어렵다.

마수의 반사신경, 신체 능력, 야생의 감, 무엇보다 마법적 자질이 성가시기 때문이다.

자동추적 미사일로 노려봐도 마법 같은 영감으로 회피해서 직격을 피하고, 반대로 브레스로 격추당하는 형국이었다.

이번에도——예를 들어 국방공군의 주력기인 F-15였다면.

화이트 드래곤이 뿜은 냉기로 인해 기체가 얼어붙어 동작 불능으로. 파일럿은 콕피트 안에서 동사하고 말았을 것이다.

하지만 《MUV 사일런트 랩터》는 달랐다.

반중력 리프터를 써서 몹시 매끄러운 공중기동을 보이며 급선회하더니 화이트 드래곤의 등 뒤에 다시 자리를 잡았다.

기관총 일제 사격. 아주 조금 늦었다. 이미 드래곤은 범위 안에 없었다.

하얀 마수는 전투기형 드로이드의 머리 위로 쌩 날아가 탄탄한 뒷다리로 기체 상부를 걷어차──려고 했다.

하지만 《MUV 사일런트 랩터》는 또다시 용의 등 뒤로 돌아 갔다.

센트럴 타워 부근의 하늘에서는 여기저기에서 비슷한 추격전이 진행되고 있었다.

용족과 비행 드로이드의 공중 술래잡기. 만약 《MUV 사일런트 랩터》가 유인기였다면 그 무지막지한 움직임에 동반되는 중력이 너무나도 가혹하여 기절해버린 파일럿이 그대로 죽었을지도 모른다.

무인기이기 때문에 그 사차원적인 공중기동에 어떻게든 맞춰 싸우는 것이다.

하지만 드래곤족의 야성과 마성을 꺾기 위해서는 조금 더 결정적인 것이 필요하다──.

"지금이에요! 해치우세요!"

아리야는 작은 주먹을 불끈 치켜들었다.

그 동작에 맞춰 하늘을 나는 거대 로봇 팔──《MUV 퍼펫 암》이 주먹을 쥐더니 쑥 날아갔다.

전투기형 드로이드와 벌이는 술래잡기에 집중하고 있는 한 마리의 드래곤을 향해.

격렬한 정권 찌르기가 된 《MUV 퍼펫 암》이 용의 거대한 몸뚱이를 후려치면서 고도를 점점 떨어뜨리더니 하얀 마수를 지면에 내동댕이쳤다!

"마무리 부탁드립니다!"

아리야의 지시에 전투기 팀 중 하나가 지상으로 내려왔다.

그 몹시 매끄러운 급강하는 수직이착륙식 전투기도 선보일 수 없는 예술이었다. 심지어 기체 전면에 달린 암이 근접전용의 핸드 액스를 들고 있다.

두꺼운 손도끼의 칼날에 초음파가 실리며 고주파 블레이드가 되었다.

부웅!

드래곤의 목으로 도끼를 휘둘렀다.

하지만 간발의 차. 하얀 마수는 궁지에 몰린 짐승의 포효를 내지르며 뛰어올라 도끼의 일격을 회피했다.

화이트 드래곤은 네 개의 다리를 벌려 지면 위에서 자세를 바로잡았다.

그 모습은 마치 육식 공룡과도 같아——아리야는 머리를 부여잡고 싶어졌다.

"으윽. 이런 걸 어떻게 처치해야 하는 거예요?!"

『괜찮아! 뒷일은 맡겨주시라!』

든든한 나츠키 선배의 목소리가 정보연결을 타고 전달되었다.

간신히 땅으로 처박은 화이트 드래곤의 콧등을 향해 하타노 나츠키가 멋진 점프로 날아가는 도중이었다.

모란 꽃무늬의 후리소데를 휘날리며 일본도 형태의 단분자 블레이드로 찌르기——.

나츠키는 드래곤의 오른쪽 눈을 깊이 후벼팠다!

──크어어어어어어어억?!

드래곤의 입에서 처음으로 고통 어린 포효가 터져 나왔다.

몸이 가볍긴 해도 하늘을 날지는 못하는 나츠키는 이 기회를 호시탐탐 노리고 있었던 것이다. 하지만.

『으──으어어억?!』

"나츠키 선배?!"

한쪽 눈이 망가진 드래곤이 호쾌하게 고개를 부웅 돌렸다.

나츠키의 몸은 순식간에 훌쩍 날아갔다.

방해꾼을 배제한 화이트 드래곤은 짜증을 내듯이 날개를 퍼덕인 후 하늘로 돌아갔다. 나츠키에 대해서는 이미 조금도 신경 쓰지 않았다.

『젠장……. 몸이 너무 커서 검으로는 영 불리하잖아!』

훌륭한 낙법을 취한 나츠키. 다치진 않은 모양이었다.

하지만 기상천외한 사무라이 소녀라고 해도 드래곤은 그리 쉽지 않은 적이었다. 아리야는 어깨를 축 떨궜다가──.

"앗."

어떤 것을 떠올렸다.

대형 드로이드들에게 '그대로 전투 속행!'하고 지시한 뒤, 자신은 연구소에서 훌쩍 나와버렸다. 군단을 지휘하느라 바쁜 이쥬인 선배는 눈치채지 못했다.

아리야는 엘리베이터에 올라타 타워의 아래층으로 서둘러 내려갔다.

9층에 있는 이세계 중요문물 자료관. 또 다른 이름은 '보물창고'. 성큼성큼 걸음을 옮겨 어떤 전시 케이스 앞에 도착했다.

"……나츠키 선배. 잠시 대화 괜찮으세요?"

『으음. 아직 드래곤 퇴치 도전 중인데——무슨 일이야? 지금 당장 하지 않으면 큰일 나는 이야기라도 돼?』

"정확하게는, 용이라도 죽일 수 있을 법한 무기가 하나 있거든요……."

케이스 하나를 통째로 점령하는 '청룡언월도'.

긴 자루에 큼직하고 휘어진 칼날이 달려있다. 물미라고 불리는, 자루를 들었을 때 땅바닥에 닿는 부분에는 '바퀴'가 달린 무기——.

"이 바퀴, 아마 《프레이어 휠》인 것 같거든요. 초소형으로, 유우 선배의 3호 프레임에도 사용된 크기인……."

『허얼. 그게 무슨 소리야?!』

오싹오싹. 오싹오싹. 오싹오싹.

아리야의 머릿속에서 무언가가 꿈틀거리고 있었다.

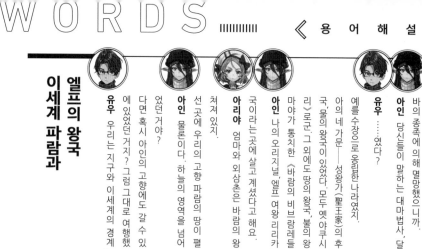

엘프의 왕국 이세계 파람과

아인: 당신들이 말하는 대마법사, '달바'의 종족에 의해 멸망했으니까.

유우: ……었다?

아인: 나의 오리지널 '엘프' 여왕 리리카마야가 통치한 《바람의 비브람레리》로군. 그 외에도 땅의 왕국, 불의 왕국, 물의 왕국이 있었지. 모두 옛쿠시아의 네 가문—— '성왕가(聖王家)'의 후예를 수장으로 옹립한 나라였지.

아리야: 엄마와 외삼촌은 바람의 왕국이라는 곳에 살고 계셨다고 해요.

아인: 물론이다. 하늘의 영역을 넘어선 곳에 우리의 고향 파람의 땅이 펼쳐져 있지.

유우: 우리는 지구와 이세계의 경계에 있었던 거지? 그럼 그대로 여행했다면 혹시 아인의 고향에도 갈 수 있었던 거야?

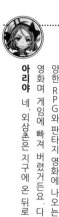
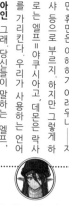

크리처 등의 명명

유우: 조금 궁금했던 건데—— 아인이나 클로에 선생님은 때때로 자신들을 '야쿠시아'라고 부르잖아?

이쥬인: 그러고 보면 그래. 그거 무슨 의미예요? 일족의 이름 같은 건가?

아인: 그래. 당신들이 말하는 '엘프'로는 엘프=야쿠시아고, 데몬은 락사를 가리킨다. 우리가 사용하는 언어구의 방식에 따른 이름으로 부르자는 의견이 나왔다. 하지만 그렇게 하면 휴먼은 이해하기 어려우니—— 지샤 등으로 부르지.

아리야: 윽…… 그 말을 꺼낸 사람, 나 달 외삼촌이란 말이죠.

이쥬인: 진짜로?!

이쥬인: 비슷한 느낌으로 각종 크리처의 이름도, '이쪽 방식'으로 지었다는 건가……

아인: 나달은 우리 종족에 대한 이야기가 입에서 입으로 전해 내려져 엘프족의 이미지를 만들어냈다——는 가설을 세운 거겠지.

아리야: 외삼촌왈, '우연일 가능성은 낮다. 우리들의 세계 '파람'과 지구는 분명 먼 옛날에는 이어져 있어 지식이나 문화를 교류했을 것이다,'라고 해요.

유우: 그 우연을 이용했다는 거야?

아리야: 네. 외삼촌은 지구에 온 뒤로 영화며 게임에 빠져 버렸거든요. 다양한 RPG와 판타지 영화에 나오는 '엘프'와 자기들의 모습이 아주아주 비슷하다는 걸 곧바로 알아챘다고 해요…….

WORDS
Fantasy has invaded,
Hero come back

Fantasy has invaded,
Hero come back

이세계,
습 격

왕의 귀환

하늘과 바다를 넘어서

1

최전선은 역시 적의 상륙지점이 된 항만 에어리어.

하지만 전투는 수상조계 '나유타'의 온갖 곳에서 일어나고 있었다. 외곽 블록이든 중앙 블록이든 상관없었다.

바다와 하늘에서 온 크리처만이 적이 아니었기 때문이다.

전송 마법을 통해 수정궁《포털》에서 새 괴물들이 공간을 넘어 직접 나타났다.

예를 들어 눈이 하나인 거인 키클롭스.

소머리가 달린 거구의 남자── 도끼나 곤봉을 휘두르는 미노타우로스 대대가 하나.

코끼리처럼 커다란 몸뚱이로 시가지를 달리는 목이 셋 달린 케르베로스.

5층짜리 빌딩과 맞먹는 키를 지닌 청동 인형 브론즈 골렘. 그 몸에는 혈액 대신 녹인 청동이 부글부글 끓어오르면서 흐르기 때문에, 몸에 상처가 날 때마다 끓는 청동이 솟구쳐 그것을 뒤집어쓴 자는 큰 화상을 입게 된다.

……마법으로 전송되는 크리처에는 어떤 공통점이 있었다.

단독이나 소수로 전투해도 인간에게는 어마어마한 위협이 될 만큼 대형이거나, 전투력이 뛰어나다는 공통점──.

그러한 적이 시내 여기저기에 침입하여 난동을 부렸다.

본래대로라면 그것만으로도 수상조계 측은 '궁지'에 몰렸을 터이다.

총을 든 시민병이 십수 명 모인 정도로는 도저히 대항할 수 없는 대형 크리처. 전차 한두 대 정도는 출동하지 않으면 쓰러트릴 수 없는 상대.

하지만, 그러나.

드로이드 부대는 이러한 강적들을 착착 **청소**해나갔다.

고리 형태의 블레이드인《MUV 차크람》1만 대——.

끊임없이 날아다니며 회전하는 칼날로 괴물들의 살점과 피부를 발기발기 찢어놓아 핏빛 분수를 만들어냈다.

하늘을 나는 인형《MUV 클레이 돌》의 화력은 낮다.

하지만 집단으로 뭉쳐서 기관총을 일제히 쏘아대는 전법으로 탄환을 때려 붓고, 여기에 스턴건의 고압 전류로 적의 움직임을 봉쇄하기에 의외의 복병이 되었다.

게다가 칼처럼 긴 손톱이 달린 3천 대의 강철 팔들.

로봇 암《MUV 클로 건틀릿》은 말 그대로 3호 프레임의 '팔'을 대신하는 드로이드였다.

손톱으로 갈기갈기 찢고, 손으로 짓누르고, 손가락 끝에서 기관총을 쏜다.

3천 개의 팔이 향하는 곳곳에서 이형의 괴물은 시체가 되어 쓰러진다——!

"……흐음. 지상 세계의 원숭이들도 제법 선전하는구나……."

사자자리의 스카르샹스는 '문주의 방'에 앉아있었다.

물론 의자가 아니라, 여느 때처럼 황금빛 갈기를 지닌 사자의 등에 기대고 있다.

사자는 몸을 웅크리고 배부른 애완고양이처럼 눈을 살짝 감은 채 반쯤 잠들어 있었다.

그리고—— 스카르샹스도 계속 두 눈을 감고 있다. 낮잠은 아니다. 통상적인 시각이 아니라, 《관세음》의 비법으로 전황의 추이를 지켜보고 있었다.

"마물들의 수가 많이 줄었어——. 정령들아, 다녀오렴. 그 도시에 더욱 큰 살육과 혼란을."

눈을 감은 채로 소환 마법을 사용해 담담히 지시를 내린다.

드로이드 연구소의 이쥬인 타카마루가 봤다면 경악했으리라.

자신이 나노 머신의 힘을 빌려서 헉헉거리며 필사적으로 행하는 것을, 이세계의 대마법사는 몹시 조용히 해내고 있기 때문이다.

지금 스카르샹스의 눈꺼풀 뒤에는——.

온갖 정경이 나타났다 사라지고, 나타났다가 또 사라지면서 수상조계에서 일어나는 일들을 보여주고 있었다.

스카르샹스의 귀에는 조계에서 입에 담는 말들이 수도 없이 들리고 있었다.

『아군의 수가 너무 부족합니다!』『끄아아악?!』

『장착자…… 3호?』『당신은 전보다 더 대단한 전사가 되었어.』

『다음에도 구할 수 있을지는 모르지만, 당신이 무사해서 다행이야.』『당신, 정말로 돌아온 거구나…….』

──느껴진다. 어마어마한 위협의 접근이.

──보인다. 소리조차 초월하는 속도로 그녀의 성 '아지랑이 궁전'을 향해 날아오는 전사. 칠흑과 황금의 갑주를 두르고, 금강의 문을 연 각성자!

"역시 왔구나! 성해의 소지자, 금강을 두른 자여!"

장착자 3호라는, 정취가 부족한 이름은 결코 입에 담지 않는다.

하지만 기다리는 사람이 도래했음을 안 스카르샹스는 눈을 번쩍 떴다.

이미 비장의 권속 《불꽃의 멸망을 나르는 자》를 불러놓았다. 가면의 전사를 맞아 처참한 최후를 안겨주기 위하여.

……꾸벅꾸벅 졸고 있던 사자가 몸을 벌떡 일으켰다.

주인을 '아지랑이 궁전'의 최상층으로 데려가 전투의 자초지종을 그 눈으로 직접 입회할 수 있게끔.

"이봐! 적이 공격 방식을 조금 바꾸지 않았어?!"

"보로노프 씨도 그렇게 생각하십니까?!"

"당연하지. 일부러 총이 통하지 않는 크리처를 골라서 추가로 파견했다고 봐야 하는 상황이라고!"

최전선이 된 항만 에어리어, 그 창고 거리.

그곳에서 우연히 마주친 보로노프와 시바가 서로를 보며 고개를 끄덕였다. 못 미덥긴 하지만 일단은 '지휘관' 격인 시바를 호위하는 식으로 아인도 함께 있었다.

아인은 바람의 움직임에 귀를 기울이면서 말했다.

"선택받은 달바의 종족은 한 명의 예외도 없이 다들 총명하다. 전황이 바뀌면 공격 방식도 바뀌지. 숨을 쉬는 것과 마찬가지로 자연스럽게 그리할 수 있다……."

"우와. 옛날 상관들과는 정반대잖아요."

시바가 지긋지긋하다는 목소리로 한탄했다.

──바람이 흉악하리만치 강하다.

휘이이잉, 휘이이잉 하고 휘몰아치고 있다.

단순한 바닷바람이 아니다. 그 증거로 지금 휘도는 바람에 **붙들린** 시민병 한 명이 하늘로 끌려갔다.

"아아아아아아아악!"

하늘 높은 곳에서 지상으로 떨어져 추락사──.

이 폭풍은 크리처『에어 엘리멘탈』군단이다.

대기의 정령들. 의지가 있는 선풍의 마물. 실체가 없는 바람인 이상 총알을 쏘아도 의미가 없다.

이런 바람이 수상조계의 여기저기에 불어닥쳤다.

게다가 인간만이 아니라 트롤, 고블린 같은 괴물들마저 바람에 붙잡혀 추락사의 비극을 맞았다. 동료를 분간할 생각은 없는 모양이었다.

덕분에 오랫동안 조계 내에서 싸우던 드로이드 부대도 역할이 끝나버렸다.

예외는 바람을 무시하고 날아다닐 수 있는 화이트 드래곤과, 이들과 맞서 싸우는 전투기 및 거대한 팔 모양의 드로이드뿐이었다.

성가신 바람의 정령들을 봉쇄하려면──.

"폭풍의 왕과 그 성해포 없이는 대항할 수 없다. ……하지만 유우는 지금 말 그대로 최강의 적과 대치하고 있을 터. 기대할 수 없겠지."

아인은 원통함을 담아 중얼거렸다.

창고 뒤에 몸을 숨겨 최대한 정령의 바람을 맞지 않도록 조심하고 있다. 고작 이런 것 말고는 대항 수단이 없기 때문이다.

같은 방법으로 커다란 몸뚱이를 숨긴 보로노프도 혀를 찼다.

"그렇겠지. 조계에서도 보일 만큼 무식하게 큰 적이니까……."

수상조계 '나유타'에서 그리 멀지 않은 해역에 붉게 타오르는 거인이 있다.

그 하반신은 바닷속에 잠겨있어 상반신밖에 보이지 않는다. 하지만 그 상반신만으로도 높이 100m는 넘어 보였다.

흐물흐물 흐르는 용암으로 만들어진 '라바 자이언트'.

아인은 알 수 있었다. 자신의 전장에 도착한 《장착자 3호》는 이 거인의 얼굴과 마주 보듯이 허공에 떠 있는 중이었다.

"이거예요, 나츠키 선배! 수수께끼의 삼국지풍 무기 X!"

"진짜잖아! 유우 군과 같은 훨이 달려있어!"

1층 엔트런스의 바로 바깥, 센트럴 타워의 현관 입구.

아리야가 가져온 물품을 보자마자 하타노 나츠키는 자루 부분을 손가락질했다.

……조금 전, 아리야는 '보물창고'의 경비 시스템을 나노 머신

으로 장악했다. 방범 장치를 끊고 케이스를 열어 수수께끼의 청룡언월도를 운반하려고 했다.

하지만 그 무기는 이상할 정도로 무거웠다.

1mm도 들어 올릴 수 없었다. 그래서 간호용으로 만들어진 인간형 드로이드를 불러 여기까지 옮겨다 놓게 했다.

그리고 지금──인간형 드로이드의 손에서 청룡언월도를 받아든 나츠키는.

"으흑?!"

경악했다. 떨어트릴 뻔했기 때문이다.

나노 머신 이식으로 나츠키의 신체 능력은 현저하게 강화되었다. 근력──겉으로 보이는 것만이 아니라 체내의 근육까지 대폭으로 향상되었다.

성인 남성 한 명 정도는 한 손으로 7, 8m 정도 집어던질 수 있다.

그런데도 이 길쭉한 무기는 두 손으로 받쳐 드는 게 고작이었다──.

"이거 몇 kg인 거야?! 100kg…… 아니, 그 세 배는 나갈 것 같아──."

"진짜로요?!"

"대단해 보이는 무기지만, 나츠키 씨에게는 좀 버겁겠는데."

흔치 않은 사태에 나츠키가 백기를 들었다.

완만한 곡선을 그리는 언월도. 칼날 부분은 두꺼운 데다 그녀가 지닌 일본도와 비슷하게 길다. 여기에 나기나타처럼 자루를 붙여서 물미 대신 휠을 달았다.

또 잘 보면 '자루' 부분은 나무가 아니라 금속이었다——.

"아리야는 이 녀석이 유우 군의 것과 같다고 생각한 거지?"

"옆에 있으면 머릿속이 '오싹오싹'해지거든요……. 이 바퀴 속에 수많은 사람이 있고 무언가를 기도하는 느낌이 들었어요."

"기도의 고리——. 하지만 아리야."

나츠키는 가차 없이 말했다.

"이 크기의 《프레이어 휠》은 12체의 아수라프레임만 지니고 있는 레어 아이템 아니야?"

"그, 그렇죠. 그렇다는 건 생긴 건 이래도 아마……."

아리야가 머뭇거렸을 때였다.

쿵! 커다란 발소리가 나면서 날개를 펼친 마수가 내려섰다.

센트럴 타워의 정면 현관 앞에 화이트 드래곤이 나타난 것이다. 그 오른쪽 눈에는 가늘고 긴 구멍이 뚫려서 붉게 탁해져 있었다.

무사한 왼쪽 눈으로 나츠키를 날카롭게 내려다보고 있다. 몹시 불쾌하다는 듯이.

"어이쿠……. 아까 나츠키 씨가 한쪽 눈을 찌른 녀석이다!"

"호, 혹시 복수하러 온 걸까요?!"

"일부러 지상으로 내려올 정도니까 그런 거겠지! 아리야는 타워 안으로 도망쳐! 나츠키 씨가 이 녀석의 주의를 끌 테니까!"

"아, 안 돼요! 일본도로는 불리하다고 조금 전에 인정하셨잖아요!"

나츠키는 두 손으로 안고 있던 '수수께끼의 무기'를 집어던졌다.

등에 맨 단분자 블레이드를 뽑아 들고 파란 눈동자를 향해 겨누었다.

그 끄트머리가 향한 상대는 몸뚱이만도 15m에 날개는 그보다 더 큰 최강의 환수. 무시무시하게 사나운 얼굴로 키 150cm대의 사무라이 소녀를 노려보고 있다.

……아리야는 반사적으로 주저앉아 손을 뻗었다.

바닥에 떨어진 청룡언월도의 자루 끝에 달린 《프레이어 휠》을 향해.

이것이 3호 프레임의 동력원과 같은 물건이라면, 어떤 형태를 하고 있든 아수라 시리즈 중 하나일 터——!

"움직여요! 몇 호 프레임인지는 모르겠지만 눈을 떠주세요!"

겨울의 마이즈루에서 아리야와 동료들은 매일같이 되풀이했다.

3호 프레임의 각성 실험을. 그 무렵을 떠올리면서 오른손의 나노 머신을 통해 각성 신호를 보냈다.

절체절명의 위기에서 보이는 발버둥. 죽이 되든 밥이 되든 일단 해 보자는 시도였는데.

"어……? 세상에."

키이잉. 키이잉. 키이잉. 바퀴가 천천히 돌기 시작했다.

아리야는 멍하니 그 소리를 들었고, 나츠키는 듣자마자 환한 표정을 지으며 일본도 형태의 블레이드를 집어 던진 뒤 오른손을 지면으로 향했다.

"부탁할게! 나츠키 씨를 조금이라도 도와줘!"

거의 동시에 드래곤이 앞발을 휘둘렀다.

날카로운 용의 손톱으로 인간 소녀를 찢어발기고, 거대한 손바닥으로 짓누르기 위한 일격. 하지만 손목 앞부분이 허무하게 허공을 날았다——.

크어어어어어어어어어어어어어어억!?

손목이 싹둑 잘려 나간 화이트 드래곤이 절규했다.

"말은 안 했지만…… 나츠키 씨, 실은 나기나타나 봉도 잘 다루거든. **너**도 제대로 다룰 수 있을 거야."

청룡언월도를 훌륭하게 휘둘러 일도양단의 참격을 선보인 나츠키.

그녀는 씨익 웃으면서 새로운 '파트너'를 향해 말을 걸었다.

어마어마한 무게가 느껴지던 청룡언월도가—— 목검처럼 가볍다.

반중력 리프터가 작동한 덕분이다. 중력이 약한 달에 오기라도 한 것처럼 나츠키는 언월도형의 아수라프레임을 가볍게 휘둘러댔다.

부웅, 부웅, 부웅, 부웅!

바람을 가르는 소리는 상쾌했고, 물어뜯으려고 달려온 드래곤의 코는 경쾌하게 네 번이나 베였다.

"흐음. 너는 이런 식으로도 사용할 수 있구나!"

새 무기의 특성을 대충 직감한 나츠키는 염원했다.

반중력 리프터, 시동——.

타케즈키 조 JOE TAKEDUKI | [ILLUST.] 시라비

02

왕의 귀환

이 세계,

Fantasy has invaded,
Hero come back

그러자 청룡언월도를 지닌 그녀의 몸이 하늘로 떠오르며, 인간보다도 훨씬 커다란 드래곤의 얼굴을 정면에서 들여다볼 수 있게 되었다.

피투성이가 된 콧등과 겁을 먹은 것처럼 보이기도 하는 용의 표정. 해볼 만하다.

"정당방위!"

두 손으로 찔러 넣으며 드래곤의 미간에 언월도를 꽂았다.

이어서 근접전 장비인 전자 접촉을 선택.

오른손의 나노 머신 인터페이스를 통해 내린 지시대로 수수께끼의 아수라프레임은 화이트 드래곤의 거대한 몸뚱이에 고압 전류를 흘려 넣었다——.

쿠구………… 웅!

전류로 인해 심장마비를 일으키고 숨이 끊어진 드래곤이 땅 위로 쓰러졌다.

"먼저 한 마리! 두 번째도 가 보실까!"

말은 익살스럽지만, 그 목소리는 용맹하고 강인했다.

땅에 내려선 나츠키는 바로 청룡언월도를 던졌다. 자유자재로 날아다니는 아수라프레임은 중력을 무시하고 직진하더니 이쪽으로 날아오던 드래곤의 가슴에 꽂혔고——.

"한 번 더 찌릿찌릿 갈겨버려!"

나츠키의 보이스 커맨드에 응해 강렬하기 짝이 없는 전기 공격을 발생시켰다.

하늘에서 '두 번째'가 떨어졌다. 나츠키는 '쿠우우웅!' 하는 꾕

음을 들으며 이쪽으로 돌아온 언월도의 자루를 움켜쥐었다.

"참 잘했습니다. 누나 옆으로 잘 돌아왔어!"

『이거 놀랍군──.』

클론 엘프 아인과 정보연결이 이어졌다.

『나츠키. 《브리트라》를…… 아수라프레임 6호기를 각성시킨 건가?!』

"아. 얘 6호 프레임이었구나. 러시아에 배치되었다고 했었지? 음, 이름 멋있는데! 브리트라 군!"

부웅, 부웅, 부웅, 부웅, 부웅!

6호 프레임 《브리트라》. 언월도형 아수라를 두 손으로 이리저리 휘두른 나츠키는 흡족해하며 말을 걸었다.

일련의 움직임을 보고 있던 아리야도 《브리트라》에게 오른손을 뻗었다.

"러시아의 극동전선에서 대파된 후, 수복을 위해 수상조계에 운반된 모양이에요. 하지만 3호기와 같은 상황──걸맞은 장착자가 없어서 기동불능 상태였다…… 고, 6호의 의식체에서 읽어냈습니다."

나노 머신을 사용한 아수라프레임과의 동조.

사정을 드디어 파악한 아리야는 깊게 탄식했다.

"강화 수트형과는 콘셉트를 바꿔서 방어보다 공격을 중시한 '완전공격 타입'의 아수라프레임──인 것 같아요."

"오호라. 하지만 나츠키 씨에게는 오히려 딱 맞는데!"

『그렇기 때문에 선택된 것이겠지. 그리고 나츠키. 당신과 브리트라에게 꼭 부탁하고 싶은 게 있다!』

타워 주위에는 아직 드래곤과 대형 드로이드의 공방이 계속되고 있었다.

게다가 보이지 않는 바람의 정령 '에어 엘리멘탈'이 적과 아군을 가리지 않고 맹위를 떨치며 수상 조계 '나유타'를 모조리 강풍 지대로 만들어놓았다.

"좋아——기왕 첫 출진인 거, 화려하게 가 보실까!"

아인의 지시를 들은 나츠키는 씨익 웃었다.

2

화산이 터질 때 분화구에서 흘러내리는 용암류——.

도보로도 피난할 수 있다고 할 정도라 결코 빠른 속도는 아니다. 시속으로 따지면 4km도 되지 않는다고 들은 적이 있다.

그래서 지금, 《장착자 3호》를 노리는 용암류의 속도는 이상하다고 할 수 있었다.

상반신만으로도 118m나 되는 라바 자이언트. 그 거구의 여기저기에서 용암이 분수처럼——어마어마한 속도로 분출되었다.

표적은 당연히 하늘을 자유자재로 날아다니는 '칠흑과 황금의 전사'!

"큭——!"

3호 프레임의 센서가 끊임없이 경고를 보냈다.

유우는 하늘을 바쁘게 날아다니며 용암을 피해 나갔다.

용암류가 날아오는 속도는 시속 700km 전후. 그것뿐이었다면 3호 프레임은 여유롭게 회피할 수 있었을 것이다.

문제는 커다란 몸의 어디에서 분출될지를 파악할 수 없다는 점이었다.

얼굴은 물론이고 목, 어깨, 팔, 몸뚱이 등 온갖 부위가 부글부글 끓어올라 끊임없이 용암류를 분출시키며 공중에 있는 유우를 격추하려 하고 있었다.

심지어 필사적으로 도망쳐다니면——.

"어, 펀치?!"

라바 자이언트가 용암으로 된 커다란 팔을 호쾌하게 휘둘렀다.

멋진 롱 훅. 물론 아수라프레임의 기동성이라면 여유롭게 피할 수 있을 터였다.

하지만 유우는 용암류 연속분사에 정신이 팔리는 바람에 허를 찔리게 되었고——.

직격으로 맞았다.

"아……, 아아아아아아악!"

뜨겁다. 작열지옥이라는 말로도 부족할 만큼 뜨겁다!

3호 프레임 《루드라》는 주먹 모양을 한 용암류에 집어 삼켜졌다.

센서에 의하면 나노 장갑을 괴롭히는 열기는 무려 1,069도!

그래도 ADAMAS 장갑은 건재했다. 녹지도 않고 버텼고 안에 있는 유우는 고통스러워하는 정도에서 끝났다.

하지만 아무리 그래도 길게 버티지는 못한다——.

"3호, 가자!"

전신의 스러스터에서 제트 스트림이 분출되었다.

3호 프레임 《루드라》는 폭발적으로 가속해 급상승하여 용암 속에서 탈출했다. 오로라가 흔들리는 하늘로 돌아왔다.

아래에는 와카야마만의 바다와 유우를 올려다보는 라바 자이언트.

여기에 거인의 얼굴이 부글부글 끓더니 세 개의 용암류가 동시에 날아왔다.

"그럼 이건 어떠냐!"

유우가 선택한 대응책은 또 한 번의 초가속.

단, 회피하기 위해서가 아니다. 고속으로 날아드는 용암류를 향해 **정면으로 돌진했다.**

반중력 리프터가 있기 때문에 가능한 매끄러운 가속.

고작 몇 초 만에 음속의 벽을 넘었다. 마하 2, 3, 4, 5── 한 층 가속하여 직진하면서 제트 스트림과 '키이이이이이이이잉!' 하는 굉음을 흩뿌렸다.

그것은 소닉 붐을 동반하는 폭음이었다.

유우=3호 프레임 《루드라》가 '돌격하는 충격파' 그 자체가 된 순간이었다.

칠흑과 황금의 갑주는── 거인이 쏘아 보낸 용암류 중 하나와 격돌했다. 충격파가 타오르는 용암을 날려버렸다!

그래도 유우의 직진은 멈추지 않았다.

"다음은 네게 부탁할게, 성해포!"

하늘을 달려가는 충격파와 일체화한 채로 유우는 목에 감은 성해포를 뜯어냈다.

성해포는 손바닥 안에서 엑스칼리버 모드—— 금색으로 빛나는 긴 검이 되었다. 그대로 라바 자이언트의 커다란 몸뚱이, 즉 용암 덩어리에 돌입했다.

꿀렁꿀렁 흐르면서 인간의 형태를 유지하고 있는 용암류.

유우는 뼈와 살이 없는 거인의 몸을 충격파로 날려버리며 용암 거인의 몸속을 종횡무진 날아다녔다.

라바 자이언트의 거대한 몸에 점점 구멍이 뚫렸다.

"이 녀석의 급소——용암을 인간의 형태로 잡아두고 있는 중추 부분은 어디지?! 조금 전부터 쫓아가고 있는데…… 점점 도망치잖아!"

3호《루드라》의 인공의식체가 표시해준 창들.

라바 자이언트를 여러 개의 각도에서 촬영한 영상도 여럿 있었다. 그 등의 한 지점에 지금 막 파란색 빛의 점과 'Mystical CORE'라는 표시가 떴다.

이 부분을 날려버리면 용암 거인의 마법을 파괴할 수 있다는 주석과 함께.

하지만 용암을 치우면서 등 쪽으로 이동하면 이미 코어는 허리로 옮겨간 뒤였다. 그쪽으로 가면 옆구리로. 다음은 오른쪽 어깨로——.

모처럼 성해포를 뽑았는데 그 검을 찌를 수가 없다!

『우후후후! 추한 이름의 용사여, 볼썽사나운 싸움이구나!』

"이 목소리는 상대측의 대마법사인가. 분명 이름이 스카르샹스였지!"

소닉 스트림을 사용한 돌격도 슬슬 지속시간이 한계에 가까워졌다——.

유우는 용암류 속에서 뛰쳐나와 허공으로 돌아갔다.

공중에 둥둥 뜬 채로 주위를 두리번두리번 둘러보았다. 오로라가 꿈틀거리는 마의 하늘에 요사스러운 마녀의 조소가 울려퍼졌다.

『너를 마중하기 위해 수고를 들어서 불러낸 스카르샹스의 직속 가신이란다. 쉽게 무너뜨릴 수 있으리라는 뻔뻔한 생각은 버리도록 해!』

"부하에게 맡기지 말고 네가 직접 오면 되잖아?! 지난번처럼!"

이제 유우는 주눅 들지 않고 대마법사의 말을 받아쳤다.

당당하게. 움츠러드는 건 《장착자 3호》답지 않다면서.

『우둔하기는……. 한 번 한 일을 되풀이하는 게 사자자리의 문주에게 허용될 리 없잖아? 나는 늘 나 자신을 설레게 하고 즐겁게 하기 위해 싸우고, 살육을 반복하는 거야!』

"……아티스트라도 되는 줄 아나. 맛이 갔군."

유우는 중얼거렸다.

이게 축구였다면 판타지스타라고 불리는 초일류 선수가 될지도 모른다.

흑백의 축구공과 화려한 테크닉, 무엇보다 자유로운 발상으로 마법 같은 플레이를 보여주며 경기장을 판타스틱한 무대로 바꿔놓는다.

——오늘의 시합이 비 개인 후라면 나의 왼발로 무지개를 그리겠습니다.

유명한 판타지스타의 명언. 하지만 여기는 지구 문명과 이세계의 결전장이다.

"어떻게든 저 녀석을 지난번과 같은 경기장으로 끌어들여야 해……. 부탁할게, 3호——루드라. 《둠즈데이 북》을 준비해줘."

왠지 모르게 무기질적인 번호보다 진명으로 부르고 싶어졌다.

유우와 하늘의 아수라프레임은 둘 다 전보다 적합도가 올라가 있다. 유우는 루드라를 더 이해했고, 루드라는 유우에게 맞춰주었기에——.

하지만 《둠즈데이 북》은 비장의 카드인 만큼 기동에 다소 시간이 걸린다.

아까 구멍을 숭숭 뚫어놓은 라바 자이언트의 거대한 몸은 벌써 복원되어 있었다. 날아갔던 용암이 본체로 돌아와 구멍을 틀어막은 모양이다.

유우를 노린 용암류 고속분출도 재개되어 있었다.

또다시 회피하고, 회피하고, 회피하는 아크로바틱한 움직임을 반복하고 있을 때.

『3호 선배! 여기서부터는 연계 작전으로 갑시다!』

『그래. 나츠키와 아리야가 대단한 보물을 발굴해주었다! 이제 당신만 혼자 선두에 세우지 않겠어!』

후배와 아인에게서 날아온 정보연결이었다.

"여섯 마리째, 잡았다!"

나츠키가 익살스러운 목소리로 승리 선언을 했다.

언월도의 형태를 한 6호 프레임 《브리트라》를 쥐고 있으면 반중력 리프터의 작용으로 마음껏 하늘을 날 수 있다.

하나 그렇다고 해도 무술 기술을 사용하는 이상 발을 디딜 곳은 필요하다.

나츠키는 센트럴 타워 근처로 날아온 드래곤의 머리 위로 날아가 목 뒤에 내려서자마자 언월도를 휘둘렀다.

빈틈투성이가 된 드래곤의 경추를 향해——. 한 번 휘두르는 것으로 충분했다.

화이트 드래곤의 거대한 몸은 나츠키를 태운 채로 추락하여 대지에 격돌했다. 그때 느껴진 충격에도 아랑곳하지 않은 사무라이가 경쾌하게 대지를 박찼다.

그녀가 쥔 《브리트라》의 물미 대신 달린 휠이 노래했다.

Gate! Gate! Paragate!

Gate! Gate! Paragate!

ParasamgateBodhisvaha!

Gate! Gate! Paragate!

고속으로 회전하는 《프레이어 휠》의 구동음은 신성한 기도의 노래 그 자체.

남자의 목소리와 여자의 목소리가 한데 얽힌, 힘찬 합창이었다.

구부러진 칼날과 곧은 자루를 이어주는 부분에는 노란색의 천이 묶여있었다.

그것은 가느다랗고 긴 깃발처럼 펄럭였는데,《장착자 3호》가 목에 감는 머플러 형태의 장비와 어딘가 비슷해 보였다.

아까 아인과 통신한 직후에 나노 입자가 솟아나더니 천의 모습이 된 것이었다.

"엘프 나라의 여왕님께 인정받은 증거——《성해포》. 유우 군과 세트라서 팀메이트라는 느낌이 팍팍 드는데?"

나타난 화이트 드래곤은 전부 8마리.

두 마리는 대형 드로이드—— 전투기와 거대 로봇 팔이 쓰러뜨렸다.

공중에서 여섯 마리 째의 드래곤을 해치운 후 멋지게 착지한 나츠키는 안심하더니 언월도 타입의 아수라를 '부웅!'하고 **던졌다.**

투창하는 요령으로, 바람이 세게 휘몰아치는 하늘을 향해.

엘리멘탈들이 날뛰고 있기에 아직 조계 전체가 강풍권 안에 있다. 나츠키는 그 하늘을 날아가는 파트너에게 소리쳤다.

"그럼 전학생인 성해포 군도 파이팅 좀 해줘!"

약 한 달 전, 이치노세 유우가 보여준 사용법.

그것과 똑같은 것을 6호 프레임《브리트라》에게 명령했다.

수상조계는 직경 25km나 되는 원반 모양인데, 그 상공을 날아가며 반짝이는 금가루 같은 분말을 대량으로 살포한 것이었다.

그것은 분말의 형상을 띤《성해포》였다.

언데드 계열 크리처의 천적이라고도 할 수 있는 아이템. 에어 엘리멘탈처럼 실체가 없는 영적인 존재, 마법 생물에게도 비슷한 위력을 발휘한다.

성스러운 사금이 정화하고 지나가자 조계에 휘몰아치던 마성의 바람이 한차례 잦아들었다.

나츠키는 제 손으로 다시 돌아온 언월도 《브리트라》의 자루를 움켜쥐었다. 파트너에게는 전혀 지친 기색이 없었다. 그렇다면──.

"브리트라 군, 네 확장 드로이드라는 것도 보여줘!"

언월도의 자루를 두 손으로 잡고 하늘을 향해 들어 올렸다.

무구를 본뜬 아수라프레임 6호기가 도신만이 아니라 자루와 물미의 《프레이어 휠》에서 까지 가변 나노 입자를 힘차게 방출했다.

……구축된 드로이드는 백룡들보다 두 배는 더 거대했다.

다만 그 형태는 말 그대로 '눈 결정'.

창백하고 반투명한 《MUV 스노 크리스털》. 이것이 9대나 구축되어 허공에 둥둥 떠 있었다.

"자, 애들아! 유우 군을 도와주고 와!"

라바 자이언트의 거대한 몸은 수상조계 '나유타'에서도 잘 보였다.

나츠키는 흐르는 용암으로 만들어진 거인을 향해 드로이드들을 보냈다.

부글부글, 끊임없이 날아오는 용암류——.

상반신만으로도 길이 100m가 넘어가는 용암 거인도 주먹질이나 손바닥으로 때리기, 때로는 전신으로 덮쳐 누르는 듯한 몸통 박치기 등의 공격을 보내고 있다.

유우는 필사적으로 날아다니며 그 공격을 피했다.

"곤란한데. 《둠즈데이 북》을 준비하면서 피하려면 출력이 떨어져——!"

허리에 달린 휠이 고속으로 돌고 있다.

거기에서 발생되는 전력과 마력은 공중기동과는 다른 곳에 쓰고 있다. 이 근방에 '에어 엘리멘탈'은 없는데도 바람이 점점 강해졌다.

하지만 그 대신 3호 《루드라》의 움직임도 점점 무거워졌다——.

《둠즈데이 북》을 사용하기 전에 격추당하면 소용없는데!

『안심해라. 불을 이용하는 자에게는 가장 성가신 적을 데려왔으니!』

"——아인! 어, 이것도 드로이드야?!"

전장의 하늘을 달려온 원군은 거대한 '눈 결정'이었다.

9대나 있다. 기종명 《MUV 스노 크리스털》. 완전공격형인 6호 프레임 《브리트라》의 확장 드로이드라고 했다.

그리고 유우는 경탄했다.

눈 결정이 쏘아 보낸 부정형(不定形)의 탄환을 맞고—— 용암으로 된 몸을 지닌 라바 자이언트가 몹시 싫어했기 때문이다!

용암 거인은 더는 유우를 노리려 하지 않고 《MUV 스노 크리스틸》을 향해 혼신의 펀치를 날렸다.

하지만 그 주먹이 반대로 연사의 표적이 되었다.

치익! 치익! 치익! 치익!

연속으로 물이 증발하는 듯한 소리. '눈 결정' 부대가 쏘는 탄환이 용암에 닿을 때마다 3호의 센서가 그 소리를 포착했다.

"저 드로이드…… 설마 물대포를 쏘는 거야?!"

『아쉽습니다, 3호 선배! 특수 액체헬륨으로 된 냉각탄이에요!』

『과학 실험 같은 거에서 쓰는 걸 무지막지 강화한 버전이지!』

아리야와 이쥬인의 착신.

이해한 유우가 지켜보는 가운데 9대의 《MUV 스노 크리스틸》은 냉각탄을 라바 자이언트에게 끊임없이 퍼부어댔다.

——덕분에 한숨 돌릴 수 있었다. 비장의 카드를 발동할 준비도 드디어 끝났다.

『System Now Booting, Doomsday-Book "VIDYA-MANTRA RUDRA 2".』

창 중 하나가 영어 글귀를 띄웠다. 유우는 소리쳤다.

"아인! 《둠즈데이 북》 제2서, 언제든지 갈 수 있어!"

『좋다. 가스펠 코드를 전송하지. 바람의 마수, 당신이라면 반드시 제대로 다룰 수 있을 거다!』

착신이 온 직후, 유우는 아인의 아름다운 영창을 들었다.

——삼계(三界)의 죄인은 저지른 죄를 알지 아니하며, 사생(四生)의 우자(愚者)는 제 어리석음을 인지하지 아니하노라.

──태어나고 태어나고 또 태어나 생의 처음에 이미 어두우며, 죽고 죽고 또 죽어 죽음의 마지막에도 캄캄할지니.

유우의 눈앞에 《풍수》가 현현했다.

그 육체는 은은하게 흰색으로 물든 기체(氣體)이다. 네 다리가 달려있으며 표범과도 비슷한 모습. 폭풍의 왕 《루드라》를 받드는 최강의 기사였다.

"폭풍의 왕 루드라의 이름에 걸고…… 불어닥쳐라! 쓰러뜨려라!"

유우는 지시를 내렸다.

둠즈데이 북 제2서, 그 제목은 '시계(詩偈)·폭풍응징'이라고 한다.

그리고 《풍수》는──소용돌이치는 회오리바람이 되었다.

와카야마만의 바다 위에는 본래 나타날 리가 없는 거대한 회오리바람. 모든 것을 열풍(烈風)의 소용돌이에 끌어들여 하늘 저편으로 데려가는 것.

오가는 배도 없는 '대후퇴' 후의 바다 위에는 지금 이세계의 마성이 사막의 신기루처럼 떠 있다.

연꽃 받침대 위에 올린 수정궁이 폭풍의 신위(神威)에 삼켜졌다. 유우를 실컷 고뇌하게 만든 '용암 거인' 라바 자이언트도 함께.

……적의 전이거점 《포털》은 대마법사가 지키고 있다.

이번에도 결계가 발동되었다. 빛의 마법진이 무수히 많이 나타나더니 신비로운 성을 사각 없이 꼼꼼하게 에워쌌다. 강도 SS의 방어진은 소용돌이치는 열풍에 흔들리며 날려갈 것 같으면서도 가까스로 버티고 있다.

하지만 라바 자이언트 쪽은——.

그 거대한 몸뚱이를 구성하는 용암이 여기저기 폭풍에 뜯겨나가 하늘 높이 날아가 머나먼 저편으로 사라졌다.

순식간에 몸의 대부분을 잃어버린 붉은 거인은 이미 원형을 유지하지 못했다.

하지만——.

유우는 작은 승리에 기뻐하지 않고 급가속했다.

마하 4, 5, 6—— 초음속으로 날아가는 쇳덩어리가 되어 소닉 스트림을 흩뿌리면서 《포털》내부로 돌입했다!

침입을 거절하는 방어 마법진은 성해검으로 찢어버렸다.

성안에서 가장 높은 탑. 옥상 전망대에 사자 위에 올라탄 마녀가 있다는 건 알고 있었다. 공중촬영 드로이드가 보고해주었기 때문이다.

"금강을 두른 자여! 허가도 받지 않고 스카르샹스의 앞에 나서다니 무례하구나!"

"미안한데 네 미학이나 규칙에 따라줄 마음은 없어——."

음속의 충격파가 된 유우는 대마법사에게 돌격했다.

어마어마한 기세로 가해진 격돌. 하지만 방어 마법인 건지. 사자 위에 앉은 미소녀는 역장 같은 것으로 보호되고 있었다.

하지만 유우는 그 역장째로 사자와 마녀를 '밖'으로 밀어냈다.

성과 결계의 밖으로. 존재해서는 안 되는 오로라가 펼쳐진 하늘 아래로. 절대적으로 유리한 홈그라운드에서 그녀를 내보냈다——.

3

그리고 유우는 싸움을 이전과 같은 전개로 끌고 갔다.

공격 마법을 겹겹이 쏘아 보내도 안티 매직 쉘로 버티며 승기를 기다렸다.

지금도 《페리시》, 《인시너레이트》, 《커스 오브 수어사이드》, 《마인드 블라스트》를 견디고 있었다.

"썩어 문드러져라. 재로 스러져라. 멸망의 소리를 들어라. 아아—— 고통스럽겠구나, 안쓰럽구나!"

"크으으으으으으윽……!"

수몰된 구 오사카 베이 에어리어 유적까지 날아왔다.

과거에는 영화의 극치를 누렸던 대도시의 빌딩군이 바다 위로 튀어나와 있었다.

어떤 고층빌딩 옥상에서 《장착자 3호》와 사자자리의 스카르샨스는 근접전을 벌이는 중이었다.

하반신이 사자와 동화된 스카르샨스는 전투 도끼를 휘두르고 있다.

그 흉흉한 칼날에 대항하며 튕겨내기 위해 오른팔에 긴 손톱이 달린 확장 암 《MUV 클로 건틀릿》을 연결했다.

몸의 절반이 사자가 된 미소녀의 공격 하나하나가 몹시도 무겁고 날카롭다.

유우는 손톱과 튼튼한 건틀릿을 무기 대신 휘두르고 전투 도끼를 받아내며 가까스로 방어하고 있다. 하지만 수세 일변도였다.

지난번처럼 강도 A의 공격 마법이 순식간에, 그것도 여럿 날아왔다.

"홍련의 화살이여, 날아가라. 그대의 시간은 멈출지어다. 금강의 일격에 뒤흔들려라!"

"부탁해, 루드라! 네 안티 매직 쉘만이 희망이야······!"

3호 프레임이 매서운 불꽃에 휩싸이고, 마비 주문을 맞고, 충격파를 뒤집어썼다.

그때마다 《루드라》는 열심히 마법을 무효화해주었으나──.

역시 선택받은 대마법사의 비술. 바로는 전부 없앨 수 없었다.

유우는 뜨거운 불길에 괴로워하며, 심장이 멎을 뻔하는 바람에 두려워했다. 정면에서 자동차가 들이받은 것 같은 충격에 짓눌리기도 했다.

하지만 이렇게 시간을 벌어 적의 주의를 끌다 보면──.

『유우 군, 준비 끝났어!』

"알았어──나츠키 씨. 바로 시작해줘!"

『라저! 어디 보자, 이 암호를 읽으면 되는 건감······? 커맨드 발령, 'ORDER IN THE NAME OF GODS'!』

"?! 너, 원숭이 주제에 무언가를 꾸미고 있구나······?!"

"······눈치채는 게 조금 늦었네."

유우와 동료들의 교신을 알아차린 스카르샹스의 안색이 바뀌었다.

다음 순간. 두 사람의 전장이었던 옥상——256m나 되는 56층짜리 고층 빌딩 옥상이 폭발하여 산산조각으로 날아갔다.

옥상만이 아니라 그 아래도 다섯 층은 날아갈 정도의 폭발이었다.

폭약을 설치해서 터트린 게 아니다. 바닷속에서 하늘로 뛰쳐나온 '즉석 폭발물'이 부딪쳐 파괴를 일으켰다.

……물론 이 정도로 쓰러뜨릴 수 있는 적이 아니다.

유우가 하늘로 도망친 것처럼 스카르샹스도 사자가 된 하반신의 네 발을 이용해 공기를 박차고 당연하다는 듯 날아올랐다.

그녀는 아래에 있는 바다——구 오사카 시가지가 잠겨있는 바다를 내려다보았다.

"지금 그것은 용인가? 오로치?! 너희 원숭이들이 물의 나가를 깨웠다는 거야?!"

"아니. 확실히 모습은 비슷할지도 모르지만."

허공에서 대치하는 유우와 스카르샹스.

여기에 제2파, 제3파가 바다에서 날아왔다. 가늘고 긴 '그것'의 길이는 20~40m 정도.

바닷속에 잠겨있던 도시 생활의 상징——철도 차량이었다.

JR 순환선, 유메사키 선*이라는 옛 노선. 과거에는 매일 도시를 달리던 차량을 하나, 둘씩 사출한 것이다.

하타노 나츠키와 6호 프레임《브리트라》의 가변 나노 입자가.

확장 드로이드《MUV 피카부 봄버》는 정해진 형태가 없다. 입

---

*일본의 철도 노선 중 하나인 사쿠라지마 선의 별명.

자 상태로 대상물에 붙어서 장착자가 원하는 대로 움직이는 비행 폭격체가 된다.

바닷속에서 튀쳐나온 '철도 폭탄'은 한두 개가 아니었다.

바다에 흩뿌려진 나노 입자는 철도회사의 창고라도 발견한 건지 50~60개 정도의 탄막이 되어 공중에 있는 스카르샹스를 덮쳤다!

"큭——존엄한 자여, 비애를 드리우소서!!"

가호를 청하는 주문.

사디스틱한 사자 마녀가 필사적인 방어에 들어갔다.

마법으로 가호의 빛을 만들어낸 뒤 하늘을 이리저리 달리며 직격을 피했다. 근처에서 차량이 폭발해도 스카르샹스를 수호하는 빛이 불꽃과 충격을 막아주었다.

말 그대로 불과 폭발, 비행체가 만들어내는 극한의 공중 서커스.

하지만——.

'인간'을 태우는 것이 철도의 본분이다.

바닷물에 흠뻑 젖은 차량 내부에 몸을 숨기고 함께 스카르샹스를 향해 날아간 《장착자 6호》가 때를 기다렸다가 마침내 나타났다.

"으랴아아아아아아아아아압!"

귀여운 목소리에 날카로운 기합이 담겨있었다.

스카르샹스와 스쳐 지나가듯 반중력 리프터로 날아간 나츠키는 《브리트라》의 언월도로 깔끔하게 끊어냈다.

전투 도끼를 든 대마법사의 팔꿈치 아래를——!

"무슨……, 스카르샹스의 고귀한 팔에 이 무슨 짓이냐!"

"지금이야, 유우——3호 군!"

"알았어!"

유우는 소닉 스트림을 흩뿌리며 가속했다.

몸통 박치기와 동시에 《MUV 클로 건틀릿》을 장비한 오른손으로 움켜쥐었다. 아수라의 악력과 손톱을 사용해 사자 마녀를 수호하는 역장째로 짓누르려 했다.

"큭…… 촌스러운 이름대로——."

그 힘에 견디는 스카르샹스가 분하다는 듯 말했다.

"싸우는 방식도 우아함이 부족하구나, 금강을 두른 자!"

"——낡아빠졌어. 한 명의 영웅이 화려한 개인플레이로 싸움의 행방을 가르는 건 시대착오적인 방식이야. 아쉽지만 **이쪽**은 전술과 연계플레이의 시대거든."

마라도나나 지코 같은 판타지스타의 전성기도 이제는 옛날 일이다.

전술 지상주의인 현대 축구를 숙지한 사람으로서, 지구 문명을 대표하는 사람으로서 유우는 이세계의 영웅에게 고했다.

"시시각각 바뀌는 상황 속에서 얼마나 빨리 상대의 전술을 봉쇄하고 떨어져 있는 동료와 연계할 수 있는가가 승리의 열쇠——. 우리는 이길 만해서 이겼어."

음속으로 돌격한 유우에게 질세라 스카르샹스도 마력과 금강력을 모두 끌어내 공중의 한 곳에서 버티고 있다.

유우는 적의 방어역장을 움켜쥔 건틀릿의 손바닥에 커맨드를 보냈다.

근거리 장비·전자열 방사——. 대상을 가열하는 전자파의 방출. 눈앞의 적을 작열의 파동으로 태워버린다.

이 무기에 《프레이어 휠》이 만들어내는 막대한 전력과 마력을 쏟아부으면.

최첨단 테크놀로지와 마도의 번개가 하나로 융합하여 적의 마력 장벽에도 침투하는 극대전자파가 된다——!

"이놈……. 스카르샹스의 명예를 더럽히는 것이냐, 지상의 영웅이여!"

마녀는 끝까지 《장착자 3호》라는 단어를 입에 담는 것을 피했다.

그래도 한계는 온다. 사자와 합체한 소녀는 빛의 입자가 되어 기화하더니 고향이 아닌 지구의 하늘에서 먼지가 되었다——.

아수라의 오른손이 쏟아내는 열파동에 불타올라 승화한 것이다.

1

수상조계 '나유타'와 이세계의 전이거점 《포털》.

양측의 조우와 격투로부터 이주일이 지났다.

"아인!"

"역시 유우. 나를 잘 보고 있었구나!"

유니폼을 입은 유우가 천금과도 같은 스루패스를 날린 순간.

같은 옷을 입은 클론 엘프 소녀는 오프 더 볼 싸움에서 적의 수비수를 제치고 골 앞으로 뛰쳐나갔다.

몹시 빠른 속도로 공을 향해 달려가 왼발을 번쩍 날린다.

페이크 없는 슛에 골키퍼는 반응하지 못했다. 이 시합에서 엘프 공주님은 벌써 2점이나 따냈다.

대활약하는 초신성을 축복하기 위해 팀메이트가 달려왔다.

하지만 아인은 한발 먼저 이치노세 유우에게 달려가 힘껏 포옹한 뒤 상대의 뺨에 자신의 뺨을 비벼댔다.

"잠깐…… 아인, 가까워! 너무 가깝다고!"

"득점한 선수는 끌어안고 포옹하는 것이 이 경기의 관습이지 않나! 다른 사람은 나중으로 미뤄도 된다. 나는 유우하고만 기쁨을 나누겠다!"

"축구는 단체경기야! 한 명만 편애하는 건 안 좋아!"

"내가 괜찮다고 하면 괜찮은 거다! 게다가 유우, 나츠키에게도 같은 걸 허락했다고 하지 않나?"

"이렇게 격렬하진 않았어!"

잔디밭 위에서 소년과 소녀가 화기애애하게 떠들고 있다.

전투 후의 뒷수습도 일단락되자 조계 시민의 오락거리인 아마추어 축구도 재개됐다.

유스 경험자인 소년은 여기저기에서 스카우트를 받았지만, 그는 '친구'와 함께 플레이할 수 있게 해주는 팀을 선택했다…….

"그보다 아인 님, 축구 경험 한 달 만에 저렇게 점수를 따내다니……."

관전하던 이쥬인 타카마루가 작은 목소리로 중얼거렸다.

옆에서는 시바 쥬로타가 물을 타 희석한 소주를 종이컵에 담아 마시며 느긋하게 구경 중이다. 휴일을 만끽한다는 분위기였다.

"경험이 없어서 그런지 테크닉은 별거 없지만. 골대 앞에서의 후각이나 점수를 따내는 센스가 범상치 않아. 우리는 도저히 흉내 내지 못하겠어."

"이치노세에게 팀을 소개해준 사람이 시바 씨였죠? 축구 자주 보세요?"

"보지. 옛날에는 J리그도 해외 축구도 좋아했어. ……그나저나 이치노세는 시야가 넓구나. 판단도 아주 빠르고 적확해. 3호 프레임을 사용하는 것과 같은 느낌으로 축구를 하는 게 대단하다고 해야 하나, 이상하다고 해야 하나——."

재개한 경기를 바라보면서 시바가 쓴웃음을 지었다.

한편 스포츠 관전에는 어울리지 않게 얼굴이 굳어있는 인물도 있었다.

"공주님께서도 참 성가신 유희를 즐기시는군. 빨리 질리셔야할 텐데……."

"그렇지 않으면 매주 '가끔은 너도 밖에 나와라!'라고 아인 씨에게 끌려 나오니까 말이죠. 오늘처럼."

"음."

조카인 아리야의 놀림에 망명 엘프 나달 이사는 화제를 바꾸었다.

"그보다. 역시 6호 프레임의 기동에 성공한 원인은——아리야, 네 나노 각성에 있는 것 같구나."

"그, 그런가요? 역시……."

"아직 검토 중이라 확실하게 말해줄 수는 없지만. 새로운 능력에 각성하는 중인 건지도 모르겠군. 그리고 3호 프레임의 각성 요인에 대해서도 조사해야지."

나달 이사가 작은 목소리로 말했다.

"마이즈루에서 선대 《장착자 3호》의 유해를 내부에 넣는 것으로 유사 각성에 도달했다 하였지. 하지만 이렇게 보니——오히려 '계기'는 너였을 가능성도 있단다."

"아리야가 계기라고요?"

"그래. 만약 네게 기능이 정지된 아수라프레임을 소생시킬 수 있는 능력이 있다면, **그 아수라**도 어떻게든 할 수 있을지도 모르지……."

뭐라고 중얼거리면서 홀로 생각에 잠기는 외삼촌.

더는 말을 걸어봤자 소용이 없다고 포기한 아리야는 어깨를 으쓱했다. 그러자 이번에는 옆에 있던 하타노 나츠키가 말을 걸었다.

"아무튼 말이야. 아리야 덕분에 살았어."

여느 때처럼 모란 무늬의 후리소데를 코트 대신 걸친 나츠키.

단 오늘은 일본도 형태의 단분자 블레이드가 없었다. 그녀의 새 파트너는 부르면 날아온다. 상시 휴대할 필요가 없는 것이다.

나츠키는 느긋하게 시합을 보며 히죽 웃었다.

"싸움에서 죽은 사람도 많지만, 구한 생명도 있었고 말이야."

"앗. 아인 씨, 또 득점했어요."

시합을 결정짓는 세 번째 골.

화려한 발리슛으로 점수를 따낸 아인.

그녀는 또다시 어시스트한 이치노세 유우와 강제로 포옹하며 스킨십을 한 뒤, 팀메이트 한 명 한 명과 하이파이브를 했다.

그리고 아인이 마지막으로 걸어간 상대는──.

"당신도 잘해 주었다. 앞으로도 그렇게 수비를 부탁하지!"

"……그래."

"자, 손을 내밀어라. 당신과도 기쁨을 나누겠다!"

아군 골키퍼 청년은 무뚝뚝한 표정으로 주저한 뒤.

굳게 결심한 듯 아인과 하이파이브를 했다. 이 시합에서 멋진 수비로 아직 1점도 내어주지 않은 수호신. 전직 국방군 대위인 사쿠마였다.

나츠키는 두 사람의 교류를 멀리서 바라보며 고개를 끄덕였다.

"저 오빠랑 동료들은 결국 쿠데타 건은 어영부영 넘기고 시민군의 전임 무관이 된다면서?"

"외삼촌도 저 사람들도 각자 생각하는 바가 있었던 모양이에요."

아리야는 나달 외삼촌을 힐끗 쳐다봤다. 아직 생각에 잠겨있다.

"아마 외삼촌 쪽은 '압도적인 인력 부족 상태인 지금, 쓸 만한 인재가 순종적으로 굽혀주었으니 내칠 수는 없지!'라는 거겠지만요."

"아하하. 《장착자 3호》님 만만세구나."

"다른 사람으로 바뀌었다는 걸 알고도 군인들에게는 아직 최고의 히어로니까요. 저 대위님——유우 선배만이 아니라 아인 씨도 같은 팀에 넣는 걸 의외일 만큼 선뜻 인정했다고 해요."

유우와 아인이 뛰는 팀은 사실 국방군 관계자로 이루어진 팀이었다.

애초에 소개해준 시바부터가 전직 국방육군의 정보부 소속이고, 그 관련으로 알게 된 동료들이라고 한다.

나츠키가 절절히 말했다.

"지금처럼 법도 경찰도 없는 상황에서 무기를 갖고 있으면 사람은 변하기 마련이니까. 이 조계에서도 그렇게 되지 않아서 다행이야."

"? 무슨 뜻이에요?"

"나츠키 씨 주변이 그랬어. 크리처에게서 몸을 지키기 위해 총이나 칼을 들었는데, 어느새 그 무기로 같은 인간과 싸우면서 자기 말을 듣게 하려는 거야. 진짜 해외의 좀비 드라마랑 같은 전개였다니까."

"아하……."

"나는 세상이 이렇게 된 뒤에야 알았어. 무기로 방위하는 사람, 치안을 유지하는 사람, 죄를 심판하는 사람, 정치하는 사람—— 많은 사람이서 분업했던 건 엄청 의미 있는 일이었다는 걸. 이걸 무력을 지닌 사람이 전부 다 하면…… 순식간에 '세기말의 패왕' 이 탄생할 법한 흐름이 되는구나!"

아하하 웃으면서도 나츠키의 눈은 진지했다.

"하지만 유우 군은—— 누구보다 강한 무기를 다룰 수 있는데 도 그렇게 되지 않았지. 응, 저 애랑 함께한다면 많은 것을 잘할 수 있을 것 같아!"

그것은 《장착자 6호》로서의 발언이었다.

당사자는 미드필드 아래쪽에서 패스를 돌리며 수비에 여념 중.

그러고 있으면 축구를 잘하는 중학생으로만 보인다. 하지만 그가 바로 칠흑과 황금의 아수라프레임을 걸치는 '장착자'이다.

"그러고 보면 다른 장착자는 지금 어떻게 지내고 있을까요?"

아리야가 중얼거렸다.

2

대마법사, 회오리바람의 콰르달드——.

수상조계 '나유타' 공격을 동료에게 양보한 그는 자신의 《포 털》을 시코쿠 동부로 진출시키고 있었다.

하늘에 떠 있는 신기루 상태로 바다 위에 포진했다.

현지민의 말로 '토쿠시마현 토쿠시마시'가 한눈에 보이는 위치. 적지를 빠짐없이 훑어본 콰르달드는 깨달았다.

"저것은——요새가 아닌가!"

국방군 · 토쿠시마 주둔지는 바다에서도 가까운 위치에 있다.

지구를 공격하기 시작한 지 벌써 오래되었다. 자신의 마성과 조금도 비슷한 구석이 없는 시설이지만, 군단이 모이기 위한 장소라는 것은 바로 알 수 있었다.

그렇기에 콰르달드는 변덕스럽게 출진했다.

몇몇 크리처 무리를 이끌고, 지휘관인 그가 직접.

……마음이 급했다. 칠흑과 황금의 전사 때문에. 그 용사와 대결하고 자웅을 겨루어야 하는 건 자신이어야 한다. 실제로 이미 스카르샹스는 패배했다. 전장에서 재회를 이루고 붕우의 원수를 갚아야 한다.

그때를 대비하여 몸과 마음을 예열해두고 싶었다.

"이런. 이렇게 보람이 없으면 기대가 빗나가는데……. 이 요새의 부대는 그리 전투에 익숙하지 않은 모양이로구나."

토쿠시마 주둔지가 불타고 있다. 불꽃의 바다가 되었다.

콰르달드는 맥이 빠져서 푸념을 흘려버렸다. 어쩔 수 없다고 스스로를 위로하고 있을 때—— 보였다.

북동쪽에서 하얀 유성 같은 빛이 날아오는 것을.

"……오오."

하얀빛이 콰르달드의 앞에 내려서자마자 광채가 사라졌다.

대신 키가 작은 소년이 있었다. 칠흑과 황금의 갑주를 두른 소년보다도 작고, 더 야위었고, 머리카락이 새하얀 색이었다.

긴소매 티셔츠에 청바지. 지상 세계의 복장을 하고 있다.

그 위에 걸친 너덜너덜한 천은 꾀죄죄했고 소년의 눈동자는 어딘가 병들어 있었다.

하지만 전부 아무래도 상관없는 일. 콰르달드가 무심코 다시 본 것은 소년의 목에 감긴 '붉은 머플러'였다.

"……지상인 소년이여. 묻겠다. 어째서 성해포를 소지하고 있는가?"

"시시한 질문 하지 마. 내가──《장착자 7호》니까 그렇지."

"오호! 그럼 왜 콰르달드 앞에 서는가?"

"그걸 물어봐야 알아? 너희들 마법사들을 다 죽여버리기 위해서야."

소년은 이 일본에서 사는 많은 국민들보다 더 뚜렷한 이목구비를 지니고 있었다.

하지만 입에서 나오는 언어는 유창한 일본어다. 심지어 자유자재로 하늘을 날아다닐 수 있다. 그 목소리는 소년다운 높은 음성이었으나, 눈빛과 마찬가지로 어둠이 느껴졌다.

재미있구나! 생각지도 못한 만남에 '선택받은 달바의 문주'는 환희했다.

팬더모니엄 시리즈 통상 드로이드와

아리야 솔직히 인간이 조작하는 기나 '유인기'와는 움직임이 다르지…… 계로는 원거리라면 모를까 근거리 전투에선 마수계 크리처의 야성이나 속도에 전부 대응하지 못하는 걸요. 실은 무인기가 이래저래 더 유리하다고 해요.

이쥬인 확실히 무인전투기 타입이

아리야 메인 기체인 아수라프레임에서 동력과 전력을 공급받는, 말하자면 아수라 시리즈의 '분신'이니까요. 차세대 드론 수준을 넘어선 초고성능 SF풍의 가제트들이에요.

아인 그럴 테지. 아수라를 받드는 자들은 같은 기계세공이라고 해도 ⟪팬더모니엄⟫에 속한 마신의 일부다.

유우 다만 아수라프레임의 확장 드로이드와는 조금 다른 느낌이던데.

나츠키 수상조계에도 드로이드가 많이 있어서 편하단 말이지.

지비에 (수렵육)

이쥬인 우리 일본인에게는 영 익숙하지 않은 고기지만요. 하지만 양고기 카레나 새끼 양 갈비구이 같은 건 확실히 맛있겠다!

아인 사육하려면 양이 좋다고들었네. 순종적이고 새끼를 많이 낳는데다 맛있지.

유우 나중에 누군가가 그런 동네를 포획해서 목장이라도 시작할것 같은데.

아리야 아와 지시마나 본토까지 가면 멧돼지는 잡을 수 있을 거예요. 그리고 목장에서 도망친 돼지가 야생 돼지가 되었을지도 모르죠.

나츠키 아하하. 둘 다 일본에선 야생고기는 없는 거네.

이쥬인 뭘 모르기는! 지방이야말로 신이라고! ⟪슛≫ 돼지, 그리고 소고기를 먹고싶어! 윳⟪슛과 지방이 자르르한

유우 그 담백함이 좋은 거야. 지방도 적고.

이쥬인 너무 담백해서 부족해!

이쥬인 사슴은…… 싫은 건 아니지만 냄새도 없고.

유우 평범한 닭 같고. 맛있었지. 별로 았다면 닭인 줄 알았을 거야.

이쥬인 꿩고기는…… 아마 말하지 않

수상조계의 무기 사정

아인 이번 전란에서는 러시아의 극동지역에서 수상조계로 도망친 사람과 물건이 적지 않다고 들었다.

유우 우리는 반대로 엘프 선생님들이 있으니까 아수라프레임을 가져온 건데.

아리야 애초에 수상조계는 아수라프레임과 관련된 장비는 개발했어도 통상 병기 제조에는 전혀 손을 대지 않으니까요. 부족한 총을 대량으로 생산할때 효율을 중시한거라고 봐요.

이쥬인 일본제보다 구조가 간단하니까, 솔직히 만들기 쉽거든요. 전 세계의 다양한 나라에서 같은 총을 복제하고 있어요. 품질을 신경 쓰지 않다면 동네 대장간 같은 공방에서도 꽤 간단히 만들 수 있을 정도로……

나츠키 근데 시민군에게 무기를 뿌리는데 왜 러시아 총을 복제하는 거야?

후기

여러분, 오랜만입니다.

2개월 연속 간행의 두 권째, 무사히 발매되었습니다!

……라고 말할 수 있을지는 후기를 집필하는 시점에선 아직 판명되지 않았지만요. 여기에선 '성공'이라는 전제를 깔고 진행하겠습니다. (쓴웃음)

1권을 발매한 직후에 구입해주신 여러분, 이렇게나 빠르게 재회할 수 있었던 것을 무척이나 기쁘게 생각합니다.

그러고 보면 소설가 일을 시작한 지 10년 이상 지났는데, 이렇게 촉박한 연속간행 일정은 처음 겪는 것 같네요.

일러스트를 그려주신 시라비 님께서도 큰 수고를 해주셨습니다.

이 자리를 빌려 감사의 인사를 올립니다.

그럼.

이 시리즈가 아메코믹이나 일본의 특촬과 만화 등 히어로를 소재로 한 다양한 작품의 강한 영향을 받았다는 것은 말할 필요도 없겠죠.

히어로라는 단어, 본래는 '영웅'이나 '용사'라는 뜻.

최근에는 여기에 '가면을 쓴 슈퍼히어로'까지 추가된 셈이죠.

심지어 요즘은 영화 어벤져스가 대히트를 치기도 해서 어린아이나 마니아층을 넘어선 광범위한 사람들에게 공유되는 이미지가 되었습니다. 그야말로 국경이나 문화의 벽마저 넘어버릴 정도로요.

이러한 히어로의 존재 방식, 그 칭호에 어울리는 정신을 그린다──.

이 점에서 역시 아메코믹은 '심오'합니다.

일단 기본적으로 연재 기간이 일본의 만화보다 아득하게 길단 말이죠.

25년이 넘게 같은 히어로가 주인공으로 활약하는 경우도 수두룩합니다.

배트맨도 슈퍼맨도 코믹스에 처음 등장한 지 80년이 넘게 지났고, 몇 번이나 리부트를 반복하면서 아직도 현역입니다. 아이언맨의 코믹스는 베트남 전쟁 도중에 탄생했고요.

역사가 긴 데다 재능있는 라이터, 아티스트가 펜을 쥐고 있으니 당연히 히어로들의 캐릭터와 신념도 드라마틱하게 파고들어 갑니다.

좋은 사례가 MCU 영화의 대표작인 캡틴 아메리카죠.

캡틴 아메리카, 본명은 스티브 로저스.

그는 '나치 독일과 싸우는 미군의 초인 병사, 미국의 정의의 상징'으로서 제2차 세계대전 도중에 연재를 시작한 코믹스의 주인공입니다.

하지만 극 중에서도 현실 세계에서도 전쟁은 끝납니다.

그리고 베트남 전쟁, 냉전 시대의 시작.

미군의 영웅이라고 해도 그저 순수하게, 무비판적으로 '미국의 정의'를 신봉할 수 없는 시대가 도래한 겁니다.

60년대 이후 그는 국가도 군도 아닌, 건국 이후의 '미국의 이상'인 '개인의 자유와 존엄'을 수호하고 승리하기 위하여 목숨을 거는 히어로로 변화해갑니다.

여기서 말하는 '개인'은 미국의 국민으로 한정된 범위가 아닙니다.

캡틴 아메리카라는 이름을 지녔으면서도 국경, 인종, 민족, 사상의 차이를 넘어서 구원의 손을 내미는 존재가 되어갑니다.

이 변화를 영화 3부작에서 훌륭하게 묘사했단 말이죠. 저도 아주 좋아합니다.

(참고로 이 시리즈 1권의 서브타이틀은 사실 캡틴 아메리카에게 바치는 오마주였습니다. 관심이 있으신 분은 '프로젝트 리버스(Project Rebirth)', '오퍼레이션 리버스(Operation:Rebirth)'로 검색해주세요.)*

본작의 주인공 유우도 같은 종류의 고민에 직면합니다.

히어로를 히어로답게 만드는 정신이란 무엇인가——.

이번에 일단 답을 내렸다는 형태를 취했지만, 아마 그는 앞으로도 많은 순간에서 스스로에게 이 질문을 던지게 될 것입니다. '만인을 위한 히어로'로서 어려운 선택, 아슬아슬한 선택을 해야

---

*작중에서 슈퍼 솔저를 만들어 내기 위한 계획의 이름이 Project Rebirth, 별칭 Operation:Rebirth였고 스티브 로저스는 이 계획에 참여해 특수 혈청을 맞고 캡틴 아메리카가 되었다.

만 하게 될 때에.

그리고 유우 외의 장착자들은 애초에 이런 문제에 고뇌하고 있는가——.

다음 3권에서는 그 점을 서브 주제로 잡으면서 무대를 더 넓은 영역으로 옮겨 현대지구vs이세계의 싸움을 그려나갈 생각입니다.

괜찮으시다면 3권에서도 다시 뵐 수 있으면 좋겠습니다.

ISEKAI, SHURAI Vol.2 ONOKIKAN
©Joe Takeduki 2020
First published in Japan in 2020 by KADOKAWA CORPORATION, Tokyo.
Korean translation rights arranged with KADOKAWA CORPORATION, Tokyo.

이세계, 습격 2

2022년 5월 1일 1판 1쇄 발행

저　　　자	타케즈키 조
일 러 스 트	시라비
옮 긴 이	현노을
발 행 인	유재옥
본 부 장	조병권
담당편집자	박치우
편집 1팀	김준균 박소연 김혜연
편집 2팀	정영길 조찬희 박치우
편집 3팀	오준영 곽혜민 이해빈
미　　　술	김보라 박민솔
라이츠담당	한주원 이승희
디 지 털	박성섭 최서윤 김지연
인쇄제작처	코리아피앤피
발 행 처	㈜소미미디어
등　　　록	제2015-000008호
주　　　소	서울시 마포구 토정로 222, 403호 (신수동, 한국출판콘텐츠센터)
판　　　매	㈜소미미디어
영　　　업	박종욱
마 케 팅	한민지 최정연 한소리
물　　　류	허석용 백철기
전　　　화	(02)567-3388, Fax (02)322-7665

ISBN 979-11-384-1040-3 04830
ISBN 979-11-6611-729-9 (세트)